心の在り方で、人生は良くも悪くもなる
明るく笑顔で元気にいこう

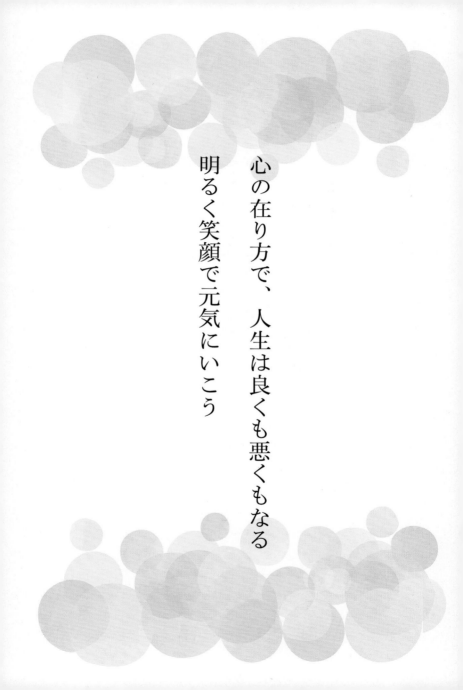

お金がなくても楽しい誕生日

本気で空を飛ぼうとしている!

お父さんと初めての電車で
お出かけ

最高の笑顔

愛情いっぱい育てる

大好き

嶽きみ収穫、お兄ちゃんの大きいな

浴衣、似合ってる

卒園式

屋根に布団干して日向ぼっこ

少しおすましして次男

日常、お母さん
早くケーキ食べ
たい

紅葉狩り次男

少しおすましして長男

桜祭りにて

運動会1等賞総なめ次男

まさかの運動部で優勝

長男のロードバイク人生

キャンプ最高!

あまりに早いゴール、岩木山ヒルクライム

次男キャプテンで取材

プロゴルファー猿と一緒に次男

あられが来た

ねぶた最高！反抗期で笑ってないけれど

こつぶ大好き

秋のキャンプも最高！

可愛い家族

日常の幸せ

燃えるような岩木山

家族旅行芸術に触れる

早朝十和田湖カヌー秋

着雪注意報発令中

岩木山画を前に

大好きな家族

京都で次男と

自宅兼事務所からの卒業

22年立って重荷。心も身体も軽くしなくちゃ。

青森移住
ぽちぽち珍道中

井上家紹介

夫・信平

兵庫県宍粟市出身
順応性のある狼　常に考える人、目標は高く、努力家、実験好き。
知られていないけどけっこうお茶目。岩木山が大好きすぎて画家にもなっちゃった。デザイン会社、飲食店経営。

私・じゅん子

兵庫県宍粟市出身
傷つきやすいライオン　天真爛漫、感受性豊か
料理大好き、食べるの大好き、お喋り大好き、家でジッとしていられない性格、楽しいことが大好き。身長150cm、足のサイズ20.5㎝、手のひら子供サイズ。小さいづくめのお節介屋さん。

長男・ソウ

兵庫県生まれの青森育ち　物静かなひつじ
好きなものへの探求心、集中力は半端ない。LEGO、トミカ、ねぶた、ロードバイク、車、歌、ギター。大好きを見つける天才。
なるようになる精神のおっとりマイペースな優しいお兄ちゃん。青森県在住、社会人2年目。スバル車をこよなく愛する車の営業マン。

次男・ケンタ

青森生まれ青森育ち　波乱に満ちたペガサス
小さい頃から運動も勉強も出来るほう、私のお腹から本当に生まれてきたの？ていうくらい。
口下手だけど本当はとっても優しい子。
目標に向かって絶対妥協しない完璧主義で努力家。大学2年生、研究者になりたくて京都で一人暮らし中。

はじめに

生まれも育ちも兵庫県の私。２００2年2月に移住を決意し、2ヶ月後の4月には生後5ヶ月のソウを連れ、27歳の若夫婦が千二百キロ離れた青森県に、両親も兵庫県、親戚も友人も関西、知り合いも1人もいないこの土地に移り住んだあの日から21年。

本当にいろいろなことがありました。頼る人がいない、若かった私たちは、毎日の生活でいっぱいいっぱい。夫婦喧嘩はしょっちゅう、何度も離婚話にもなりました。売り言葉に買い言葉、心にもないことを言って相手を傷つけたり、「出て行け」と言われても、お金がなくて出て行くことも、出て行く場所もありませんでした。

苦労もいっぱいしました。悔しい思いもしました。何かを犠牲にして生活したこともありました。両親に、心配かけまいと「大丈夫」と、いつも笑っていました。子どもの前でも、会社でもたくさん夫婦喧嘩していた私たち。

思いかえせば、もう1年以上、喧嘩をしていません。案外まだ1年ですが、いろんなことがあった私たちには、ギネス記録、凄いことです。結婚して22年になりますが、いま一番夫婦が仲良いと思います。

相手の足りないところはお互いが補い合い、できない事を責めるより、できる事に目を向ける、認め合うことで変われたのかもしれません。苦労の多かった移住生活、でも嬉しいこと、楽しいことも沢山ありました。

生まれ変わっても、青森のこの土地に住みたいと思います。それは、青森の魅力に魅了されたから。青森の皆さんの温かさに触れて、街も人も文化が好き、自然も大好き。そして、環境を変えることで、兵庫県にいたときには想像もできなかった経験ができたから。

私はなんの資格もない、ごく普通の主婦、2児のお母さんでした。ある日、主人に「ブログを書いてみたら」、と10数年前に言われ、言われるがまに書きはじめました。好きな料理や子育てのこと、日々のことなど取り止めもなく書きました。数年間、ほぼ毎日更新していたら、ある方に「文章、面白いね。リズミカルで良い。本書いたら?」と。主人にも言われ、そうかなぁと一歩踏み出さず、また数年経ちました。昨年、１００日実践してみようと、今度はnoteを続けてみました。「文才あるよ、本出したら？」とまた知人に言われ、それでも自信のない私は、またスルー。

去年の1月15日の私の誕生日、会社のみんなからのサプライズプレゼントは、なんと「青森移住ぼちぼち珍道中」というタイトルがつけられた素敵な本の表紙デザインだったのです。なかなか動かない私の背中を押してくれたのです。後は書くだけ、自分に自信を持つだけでした。たくさんの方々に応援されて今の私がいます。

なぜ移住したのか、なぜ青森県なのか。21年間のドタバタ劇を綴りたいと思います。

この本を読んで、心がざわついたり、青森県に興味をもったり、青森移住を決意する人が増えたら最高！そんな人たちを全力でサポートをしたくて、今回、本を書きました。確かに移住は楽しいことばかりではありません。乗り越えるべきこともたくさんあります。でも、誰かが移住したときは、きっとお手伝いができるはず。

そして、子育てに悩んでいるお母たちに、もっと子育て、人生を楽しまなきゃって思ってもらえたり、前向きに考えることって大切だよね、人生いろいろあるけど頑張ろう、自分の心の在り方ひとつで良くも悪くもなるんだとか、少しでも心に響けば本望です。

それでは、青森移住ぼちぼち珍道中のはじまりはじまり〜。

目次

第十章　それぞれの道

第一章

移住の決断

ジェットコースター人生のはじまりはじまり

生まれも育ちも兵庫県の私は、21年前に兵庫県から青森県へ家族で移住した。主人27歳、私27歳、生後5ヶ月のソウを連れて親戚もみんな関西、知り合いも友だちもまったくいない青森県弘前市に移住した。

忘れもしない21年前の1月中旬、ソウをあやしながら晩ご飯を食べているときに突然、信平さんが、

「僕、青森県に住みたいと前から思ってたんや。ねぶた祭りがずっと気になってる。毎年ねぶた祭りに行くより住んでしまいたいんやなぁ。」

当然、私はハッ？である。

何でも大学時代にインターネットで「日本三大祭り」と検索したら、青森ねぶた祭りがヒットしたらしく、雪深い寒い地域でなぜこんな色彩豊かな絵が描けるんだろうと疑問に思ったそう。

首も座っていない、可愛い盛りのこの子もいるし離婚するわけにいかないし、「じゃ行くかっ」と、何とも若気の至りというかなんというか。

良く知らない土地に移住したね、凄い、と言われたけれどなんてことない、深く考えてなかったからである。笑
移住を決めてからの私は、まさにジェットコースター人生。飽きる暇もなく気がついたら21年間、経ってしまった。

許しを請う

青森県に移住を決めた我が家。先ずは、信平さんの実家に説明。
義父「家族で違う土地に住む事は楽しいぞぉ〜、行ってこい。」
アメリカの大学を卒業した信平さん。義母からは「アメリカよりは陸続きで近いから」と許しが。さてさて、問題は私の実家。同じ市内同士で結婚した私たち、実家同士は車で30分。3人姉妹の末っ子の私、手のかかった子ほど可愛いのである。きっと、反対されるだろう。案の定、
母「何で、青森なんや。信平、1人で行け。ソウとじゅん子は置いていけ。」

信平さんを憎んで言ったのではなく、私たちのことが心配だったから。不穏な空気の中、父が仕事から帰ってきた。

「どないしんや？」

「信平が青森に行くって言うんじゃ」

「ワシは、お嫁に出したから何も言えん。男というのは夢を叶えなあかん。行ったたらええ」

それを聞いた母は
「お父さんがそう言うなら仕方ない、ほな、行くか？」

と、あっさりひっくり返したのだ。早っ。

唯一、ちょっぴりだけ反対した母が、一番青森に遊びに来ていると言う事実は、追々エピソードで登場の予定。

両家の許しが出てから、急ピッチ１２００キロ離れた青森への引っ越し準備がスタートしたのである。

衝撃的な事実

さて、まずは何から始める？　仕事がなくては生きていけない。そこで、信平さんの職探しをスタートした。いまでこそ、県や市がバックアップして仕事や住むところを紹介してくれたり、移住したら補助金支給、仕事と住まいの補助がある地域おこし協力隊など、さまざまな制度がある。でも、今から21年前は支援もまったくなしでした。

まず、青森市役所に電話してカクカクシカジカ、移住したいということを相談した。「仕事は職安のIターンUターンを受けいれている会社に応募すれば良いですよ」以上、終わり。ネットで調べて該当する会社を調べ、職安とＦＡＸでのやりとり。今思えばなんでメールじゃなかったんだ？　随分アナログな職探しがスタートした。

まず一社へ、履歴書を送ったところ、書類選考の合格通知がきたので、生後４ヶ月のソウを実家に預け、２人で1泊2日、面接のため青森へ。このときが、私はもちろん、な、な、なんと、信平さんも青森が初。信平さんは、１度も青森県に遊びに来たこともないのに移住したいと言い出したのである。ねぶた祭りをネットで見ただけで、人生の大きな決断をした信平さん。いま思えば無謀以外の何者でもない、チャレンジャーである。

信平さんは退職届を出し、2月いっぱいで退社。3月15日、16日で青森へ。まだ雪が降る青森。青森空港に降り立ち、レンタカーで、青森市、弘前市とぐるっと回った。ホテルにチェックインして16時過ぎに何気にテレビをつけた。

「お昼休みはウキウキウォッチ〜♬」※20年前はフジテレビで12時からの番組「笑っていいとも」がやっていた

なんで、お昼の顔・タモリさんが夕方に歌ってる?

このとき、青森はフジテレビが映らないという事実を知った。テレビっ子の私は、けっこうショックだったのだ。そんなこと〜?いや、そんなことではない、大問題。

今となってはどうでも良いことですが…笑

ホントに本当の初めての青森県

4ヶ月のソウを実家に預けて、面接も兼ねて下見の1泊2日の旅。首が座り、笑うようになったソウは可愛い盛り。離れるのは初めて。青森についてからも1時間おきに実家の母に電話していた。

私「泣いてない？　大丈夫？　良い子しとる？」

母「全然〜泣いてない、育てやすい子じゃ。こっちは気にせんでええから、ゆっくりしてきな。」

私は拍子抜け…ちょっとくらい恋しく泣いてよ…と言うことで、がっかりしつつ、気を取り直して青森を満喫することにした。

青森の3月はまだ雪のシーズン。まずは、レンタカーを借りて、冬用のワイパーがあることにびっくり。夏用に比べ冬用はカバー付きで凍りにくい構造になっています。青森の住宅の屋根は瓦ではないこと、玄関の外に風除室という部屋があること、家の外に大きな灯油タンクが設置してあること、お墓の石の色も違うこと、おにぎりは三角ではなく、丸が多いこと。などなど、土地が変わればいろいろ違うんだな、と感じた。お刺身が格段に美味しかった。面接がもちろんメインではあったけど、青森に移住して、ねぶた絵師になることが目標だった信平さん、市役所の方に紹介していただき、青森ねぶた運行団体の責任者に会いに行った。

いろいろお聞きし、最後に「ねぶた絵師になると言うことはそんな生半可な気持ちではなれない。あなたは不安な顔をしている。そんな心持ちで描いたねぶたは何百万人もの人を感動させることができない。生活が安定してからまた来なさい。」と、言われた。

やっぱり、そんなに簡単ではないねぶた絵師。まずは面接に受かって仕事が決

灯油タンク

風除室

まらないことには、なにも始まらない。不安に思うより、行動あるのみ。10万円もかけて、青森に面接に来たは良いけど、ふと我に返った2日目。10万円もかかるなら、もう1社くらい面接を受けたら良かった…

多額の引っ越し代

面接も無事に終わり、飛行機で愛しのソウの待つ実家へ。

さて、採用になるか否か。

3日ほど経ったある日、合否の連絡。ジャカジャカジャカジャーン。見事、採用が決まりました。百発百中ならぬ、一発一中。そんな言葉はないけれど。この日から一気に忙しくなった我が家。先ずは住む所から。

青森市に就職先を探していたけれど、採用になったのは弘前。車は一台所持だったために、信平さんが会社の間、私たちはバスか電車なので、駅やバス停が近いことが条件。県外からの移住のため、賃貸契約は保証人が必要とのこと。がしかし、決まった就職先は地元では大きな会社。特別に免除してくださった。

ここで、青森県と兵庫県のまた違いが。敷金礼金が青森は安いことにびっくり。兵庫県は3倍くらいかかっていたから本当に助かった。引っ越し業者さん、アート引越センター、クロネコ引越など何社か見積もりをいただき、一番安くて感じの良かったクロネコヤマトさんでお願いすることにした。それでも60万円……トラックではなく、電車のコンテナで運ぶとのこと、そりゃそうだ。両親に買ってもらった嫁入り道具の桐のタンスセットがなかなかの場所を取ったが、結婚して21年経っても着物にカビも生えず、まだまだ新品のように綺麗なタンス。いまでも両親に感謝している。

さて、青森までの移動はどうする？　車を持って行かないといけないためフェリーにした。福井県敦賀市から秋田市まで、24時間の船旅チョイス。友達にお別れをし、実家の親戚一同、姉たち家族も集まり、大々的に送別会をしてもらった。

出発の2日前にアパートを引き払って、信平さんの実家にお世話に。何を隠そう、古き良きおうちの長男。長男の嫁として、ここは私の実家ではなく嫁ぎ先に泊まって、出発までの貴重な時間を過ごすことにした。なんて良い嫁。笑採用の連絡が来たのが3月20日頃。兵庫県を出発する日は、4月12日。あっという間の3週間。3週間で知り合いもいない街に引っ越すなんて。しかも、移住を決めて2カ月半後にもう青森に住んでいた。なんて行き当たりばったりなんだ。

そして、いよいよジェットコースター人生のはじまりはじまりです。

いや〜ホントにいろいろ起こりました。

姉さん、事件です、状態。

一生の別れ

信平さんの実家に2日間滞在後、さぁ！いよいよ青森へ出発。

信平さんのご両親に玄関先で見送られ、車でまずは福井県まで。高速の乗り口に待っていたのは…私の実家の両親、母の妹夫婦の4人。どこでも行きたがり、そして何でも楽しんじゃう一族。見送りに行こう〜と、なんと…福井県敦賀市までついてきた。220キロ、3時間。なんて暇なんだ。笑

2台連なり、福井県敦賀港に到着。

信平さんは車専用の乗船ゲート、私とソウは徒歩で乗船ゲートへ。父母、叔母叔父が泣く泣く、「じゅん～、ソウ～元気でやれよ～」

父母、叔母叔父は旅行が大好きで日本中いろんなところに行っていたものの、兵庫県以外に住んだことがなく、青森県はまだ旅行したことがない未知の世界、テレビのイメージしかない。次会えるのはいつだろうかと、もう一生の別れのように泣いた。私は独身時代に、東南アジアばかりだけど海外によく旅行に行っていた、新婚旅行も北海道。青森は遠いけど許容範囲。

がしかし、旅行と住むのはわけが違う。頼る人のいない、知り合いもいない土地に住むのは不安もあり、大好きな父母と離れる辛さに号泣。目を腫らしながら、やっと乗船し、予約していた個室で信平さんと待ち合わせた。

いよいよ船出。秋田港まで24時間の旅。若夫婦の挑戦の始まりです。

気持ちを切り替えて、もう楽しむしかない。ソウはまだ生後5ヶ月だったため、一般客室ではなく和室の個室を予約。

これが大正解であった。母乳の免疫効果なのか、今まで病気したこともなく、病院にも行ったことない。そんなソウの様子がおかしい。元気がなくなり、グッタリ。吐いて熱も上がり出した。27歳の若夫婦の不安が伝染したのか、船酔いなのか。

本当ならば、大海原を見ながらお風呂、デッキに出て海風を感じる、そして美味しいディナーのはずが、24時間の看病へと変わったのだ。

晩ご飯は信平さんと交代で早食い競争のごとく食べ、楽しみにしていた海を見ながらの大浴場も5分でサッと済ませた。海の上で病院に行けず、不安な夜を過ごした。翌朝6時、やっと秋田港に着いた。

長かった……

秋田港では、信平さんの大学時代のお友達が迎えに来てくださった。そして、お家にお邪魔し、お母さんの愛情たっぷり手作りの朝ご飯をご馳走になった。疲れはてた我が家、涙が出そうになった。しかも早朝6時に、本当に有り難かった。前日の朝に、敦賀市を出発してから、ソウの看病でろくにご飯も食べれず、久しぶりにゆっくりした食事。

船は当分懲り懲りである。ソウも安心したのか、少し落ち着いた様子。腹が減っては、戦はできぬ。お腹いっぱいになり、さぁいよいよ青森の地へ。

青森に着いたはのは良いけど

秋田市を8時に出発、弘前駅近くの借家までは3時間半。順調にいけば11時半に到着、クロネコヤマト引越便は12時半。ソウも本調子ではないため、荷受けしたら小児科に行こう。

兵庫県を出発する前に、弘前保健センターに電話して、オススメの病院を聞いた。「おすすめは私の口からは言えないのです…井上さんのお家からだと○○小児科が近いですよ」とのことだった。こんなに早く行くことになるとは。この日は土曜日、小児科は午後お休み。週明けに行くことにした。

到着してすぐ大家さんへご挨拶。一戸建てを大家さんと借家部分と半分コの物件、もちろん玄関もふたつ。60半ばのご夫婦でとても気さくな大家さん、初の津軽弁、5割くらいしか聞き取れなかった…

具合の悪いソウを寝かしつけながら荷解き。足りないものも買いに行かなきゃ、1週間分の食材も買いに行かなきゃ。時間は刻々と過ぎていく。土日に荷解きをして、ある程度生活できるようにしなければ、月曜から信平さんは初出勤。どうしよう…と途方に暮れていたら…

『ピンポーン』

さっき、朝ごはんをご馳走になった秋田のお友達がわざわざ手伝いに来てくださった、しかも3時間半もかけて。遠くの親戚より、近くのナントカというのはまさにこう言うことである。2日間、泊りがけで手伝ってくださった。

いよいよ青森生活のスタート。

初出勤の信平さんを送り出し、小児科までベビーカーにソウを乗せて散歩がてら出かけた。人生初のお薬も機嫌よく飲み、症状も落ち着いた。気持ちいいからカーテン開けて日向ぼっこしながら、青森着3日目の昼下がり、2人でスヤスヤお昼寝。激動の移住準備からやっと日常。何かを感じて、目が覚めた。

第二章

移住の現実

人影が

視線を感じ、窓の外に目をやると…

大家さんが我が家を覗いていた。家政婦は見た状態である。

えっ？

ここはどこ、私はだれ状態。

「こんにちは～寝てたの～」と、大家さん。はい、自分の家なんで自由に寝てます、と心で思う私。

それから数日後のこと、近くのヨーカ堂に、ソウを連れてベビーカーで買い物。途中、雨が降りだしたので、急いで洗濯物を取り込まなきゃと帰ったら、玄関のなかに洗濯物があった。

都市伝説？　誰？

玄関からひょっこり、「雨降り出したから、中に入れておいたよ～」と、大家さん。もちろん大家さんだから鍵を持っているわけで。ソウのことを可愛がってくださっていたわけで。

良い人なんです、大家さんは。誰も知っている人もいなくて、話せる人もいなくて、大家さんのおかげでホームシックにならなかったから。そんなこんなで子育てのこと、いろいろ話せるママ友が欲しいと思い、行動範囲を広げることにした。

早くもピンチがやってきた

交友関係を広げるべく、保健センターの母親教室や公園へ足しげく通うことにした。ソウと同じくらいの子を持つママがいっぱい！　関西弁を隠し標準語っぽく喋っても、バレバレ関西人、クセが強い、笑

青森に来たのは旦那さんの転勤なのか、とお決まりの質問。答えはもちろんノーである。

カクカクシカジカ、今までの移住に至るまでの話を赤裸々に説明するとみんな決まって「よく来たね、信じられない…」と絶句。そんな境遇で、関西人の私はすぐに友だちができ、楽しい子育てライフが始まった。

車がなかったため、どこかの保育園のサークル、保健センターの母親教室に行くときは、ママ友が家まで迎えに来てくれた。ホントに本当に有難かった。

兵庫県では出会えなかった人たちとドンドン繋がっていく。いろいろな食文化、地域性に触れて少しずつ楽しくなってきた頃、早くも我が家に転機がやってきた。

信平さんが会社を辞めた。いや、辞めさせられた。

人生の岐路

あまり多くは語れないけど、２週間で退社した信平さん。

あれは忘れもしない４月28日、桜の満開のころだった。いつもは18時半くらいに帰宅していたのに、17時に帰ってきた。

「あれ、なんで早いん？」

「社長室に呼ばれてお引き取りくださいって言われた。」

理由は聞かされてはいないけれど、出る杭は打たれる。

さて、今からどうする？　60万円もかけて青森まで来たし、もう兵庫県に帰るにもお金がない。

弘前公園の桜は満開、世間はゴールデンウィーク前のウキウキ陽気である。なんとかなる精神の私、まだ青森県観光してないから、いつ帰ってもいいように青森を満喫しよう、と提案。いま思えばなんて呑気だ、この先どうなるか分からないのに！

十和田、奥入瀬をぐるっとドライブ。十和田湖の展望台で撮った写真が昨日のことのように思い出される。引っ越しを手伝ってくださった秋田のお友達のお家にも泊まりに行った。ご家族の皆さんに励まされ、もう一度、仕事を探してみようと、弘前の職安に信平さんは行った。

求人相談窓口で話を聞いてもらっていたら、ちょうど隣の席には求人票を出しに来ていたとある会社の人事担当の方。なんと、信平さんがやりたいと思っていた商業デザイナーの仕事だった。

これもご縁ということで応募することに。すぐに面接、そして即採用。結局、失業した日はたったの数日。青森ステイが決定した。

これは、青森に来てまだ3週間の話。1200キロの引越→就職→失業→就職を、3週間の間に味わえた。なんて忙しい我が家なのだ。

確か、一生の別れだったよね

既に波瀾万丈感が満載の我が家。青森県に移住して、さすがに3週間で転職とは思わなかった。

でも、若いっていい意味で、最高。あまり落ち込むことなく、前向きでなんとかなると思っていた私。信平さんもてっきりそうかと思っていたら、精神的に本当にキツかったたって。何も考えてなかったのは私だけだった。

新しい職場に通い出した信平さん。同僚の人から可愛がられ、飲みに出かけたり、家族でバーベキューに誘われたり。青森生活が、なんとか楽しくなってきた。

そうこうしているうちに、あんなに一生の別れのように福井県敦賀港で泣きじゃくった両親たち。別れて2ヶ月しか経ってないのに、フツーに母親と姉が青森に遊びに来た。早過ぎである。そして、母親が言った一言、「青森県も兵庫県もあんまりに変わらんなぁ〜。青森におるんがウソみたいや。青森に遊びにくる機会ができたから、また気軽に来るわ。」だって。

仕事で来れない父を1人置いてきて、なんともアクティブな母である。

2泊3日で青森を満喫して、母と姉は帰って行った。それから母は、移住21年間、親族の中でもっとも多く遊びに来ている。フットワークの軽さは誰にも負けない、74歳になった今でも。※ちなみに母は超超アナログの人、FAX、メールがなぜ離れたところに届くのかが未だに不思議に思っている。

そして、信平さんが転職して3ヶ月、我が家はまた引っ越すことになるのであった…。

ドン引きの社宅

入社して2ヶ月経った頃、社長に「井上くん、うちには古いけど家賃2万円の社宅があるから、試用期間の3ヶ月終わったら引っ越しなさい。好きにリフォームしていいから」と声をかけていただいた。

に、に、2万円なんて借家、今どきあるの〜。しかも平屋の一軒家で駐車場は何台でも大丈夫、そして庭付き。古いだけが気になるけど、先に信平さんが場所と外観を下見に行った。

その週末、私も下見に行くことに。信平さんは私に言った、何度も何度も、「ほんまに古いからな。ほんまに古いからビックリするなよ。古いけど2万円やから。」

ビックリするくらい古いってどれくらい？？

社宅に近づくにつれてドキドキ。「あれや。」と指さした。

私はビックリを通り越し、目が点、開いた口が塞がらないというのはこういうときに使うものだと分かった。古すぎて、ドン引き…聞くところによると築60年。ん？　移住したのが平成14年だから60年引いて…昭和17年、戦前に建てられた？どんだけ古いの。でも2万円、安い。背に腹は代えられぬ、一大決心。貧乏な若夫婦は、住むことにした。

玄関の鍵は南京錠

戦前に建てられた社宅に引越しすることになった我が家。

4月に60万円かけて引越ししてきたというのに、3ヶ月後もう引越し。また十数万円…ドン引きした社宅がどんな家かというと、

1、窓枠が木製である。苔?が生えることも、たまに。

2、窓、玄関戸の鍵は捻締鍵、玄関は南京錠。

3、脱衣場、洗面台がない、そんなオシャレ機能的なものはない。洗顔、歯磨きは台所のシンクで。

4、壁が綿壁。ポロポロ落ちてくる、カビが大発生。

5、機密住宅の正反対。家の中で焼肉しても煙がこもらない、七輪で秋刀魚を焼いても数時間後には臭いがまったくしなくなる。超低機密住宅、換気の必要なし。風が強い日は、カーテンが揺れる。

6、柱、床が歪んでいる。6年間、この社宅に住んで食器棚と冷蔵庫が歪んだ。

7、バスタブがタイル。バスタブなんてオシャレな言い方はおかしい。タイルなの

で、特に冬場はとても冷たい。
8、前に住んでいた人がリフォームして後付けで納戸が付いていたけど、壁が波板1枚…外はすぐ銀世界。
9、ストーブをつけなければ室温はマイナス。毎日、冬キャンプ状態。
10、押入、納戸に置いていた第3のビールが凍る。引越ししたその年の冬、大雪で屋根に1メートル以上の積雪。柱がミシっと音を立ててヒビが入った。
ただ、古いので何をしてもOK、子どもたちが壁に落書きしようが、自由にリフォームしても良かったのは不幸中の幸い。この戦前の平家が5軒並んでおり、各家庭、若干の違いはあったけれど、5軒中で我が家が一番古かった。他の社宅は壁がクロスだったり、トイレもウォシュレットがついていたり、納戸はちゃんとした壁だったり、バスタブがタイルではなくステンレスだったり。でも2万円は、とても魅力的。翌年、私の両親、姉家族達が遊びにきたとき、姪っ子4歳が「ねぇ、なんでこんなボロ家に住んでるの?」と言った…子どもって無垢。

大人の事情も知らず、無邪気に疑問をぶつけてくる。4歳の子でも分かるレベルのボロ家。玄関の鍵は、引越し当初、捻締鍵で噛み合わせが悪く、なかなか一発で締まらない。バスに乗り遅れたこともあったので、しばらくして南京錠に変えた。

今思えば、南京錠って外からネジで取り付けするシステム。と言うことは、ドライバーがあれば簡単に解錠できる、泥棒に入られ放題だったことを数年後に気づいた。あんなボロ家、高価なものはなさそうだから誰も狙わないけど。

雪が舞い散る家

ありえないくらいのボロ家に引っ越した我が家。それでも一軒家で、子どもの夜泣きも気にせず住める、社宅から徒歩3分で大きな公園もある、大きなスーパーへも歩いて行ける、バス

捻締鍵

南京錠

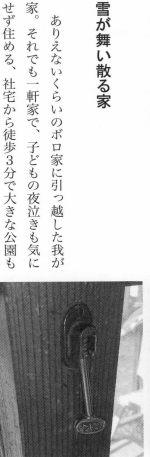

停もすぐ近くにある。

同じ社宅には、子供連れのご家族もいてお互いの家を往来、住めば都で案外良いものであった。

引越ししてすぐのとある日、バスで駅前にプラプラと8ヶ月のソウを抱っこして出かけた。行きと帰り違う路線のバスに乗り、違うバス停で降りた。降りた場所は5叉路、家の近くのどこに降りたのかまったく分からず、あっちこっち行っては見たものの見たこともない景色。人も歩いてない。

21年前、スマホではなくガラケーの時代。調べることもできず、半泣き状態で右往左往。ソウも疲れたのか泣き出した。やっと住宅地図の看板を見つけ、10分で帰れるところを40分かかった…疲れは倍増だった。

そんなこんなで、ボロボロの社宅生活のスタート。

その冬、更にありえない体験をするのだった。なんと、吹雪の日に玄関の中に雪が入ってきたのである。

ここ家だよね？

超超低気密住宅だった社宅、隙間風は入ってくることは分かっていたけど雪が舞い散るとは。

でも、２万円の家賃。我慢ガマン…

義父母が青森にやってきた

私たちは、兵庫県の中では若干降る地域に住んでいた。スキー、スノボもけっこうやっていた。スノボにはハマりすぎて、四駆の車でときには１人でスキー場に行くくらい大好きだった。今の体型からは想像できないであろう、ゲレンデで一番上手なんじゃないかと思ったくらいに。

青森県に住むことになり「おっ、ということは雪国で、近くにいっぱいスキー場もある、スノボのインストラクターになりたい！」と勝手に夢を膨らませていた。なのに、なのにまったく行くお金も、時間もなく時は過ぎていき気が付けば48歳。移住21年間でスキー場に行ったのは、数回。こんなこともある。

兵庫県では１月に冬タイヤに変え、３月には夏タイヤに戻す、約３ヶ月の冬。青森は違った。

まず、驚いたのは、青森県は11月には雪が降る。早すぎである。そして、4月半ばまでは雪が降ることもあるという、1年間の半分を冬タイヤで過ごす。冬タイヤの使用年数が恐ろしく短い。そして、冬専用ワイパー、車のエンジンスターターというものが存在することも、青森に住んで初めて知った。

ボロ家生活が5ヶ月くらい経った頃、信平さんのご両親が遊びに来られた。ソウの1歳の誕生日に餅を背負わすために。※関西では1歳の誕生日に、一升餅（約2キロ）を背負わせて健やかな成長を祈る伝統がある。そして案の定、義父母もあのボロ家に絶句。義父は一級建築士、余計にこんな家に住んでいる息子たちを不憫に思ったのだろう、帰るときにそっとお金を置いていってくれた。

第三章

出産・子育て（赤ちゃん編）

出産事件簿パート1

時は11月。移住して7ヶ月。本気の本番の津軽の冬への突入。

ソウが健やかに育ち、1歳になった頃、めでたく第二子を授かった。信平さんは残業続き、ほかに頼る人もいない青森で出産するには勇気のいること。里帰り出産をすることに決めた。そういえば、長男を出産したときも第二子の次男を出産したときも、ホントに痛い思いをした。

出産エピソードはたくさんある。まず、第一子のソウの出産はまだ兵庫県、近所に総合病院もあったけど、人気で待つのが嫌で、20数年前に信平さんが生まれた近くの個人産婦人科で出産することにした。もう70歳のおじいちゃん先生で優しい人。待ち時間も少なく、出産まで順調だった。臨月くらいになったとき、先生が

「お母さん、お姉さんも問題なく出産できた？」

「はい、普通に産んでいます」

「じゃ少し骨盤が気になるけど、大丈夫だね」

今思えばなんの自信だったんだろう…予定日が来ても陣痛がなく、入院して促進

剤を打った。しかも早朝5時に起こされて。陣痛は強くなれど、全く子宮口が開いてこない。付添は私の母、信平さんは産婦人科から徒歩5分の職場なので、産気づいたらくる予定だった。陣痛から8時間、フラッと信平さんが顔出しに来たけどまだまだ出てこない。一旦、仕事へ。陣痛から11時間、やっと子宮口が開いてきて分娩室に移動、いくらイキんでも引っ張っても出てこず。

何やら分娩室は慌ただしくなった。「このままでは赤ちゃんが危ない、心臓が弱っている、緊急手術だ、早く手術の同意書にサインをしてもらって！」の声。

えっ、手術？

そこから信平さんが呼ばれ、サインをし、手術となった。無事手術料が終わり、やっと会えた赤ちゃんは私にそっくり。でも、だいぶ引っ張られたのか頭が尖ってた…

後で聞いた話、そのおじいちゃん先生は1人では手術できなかったらしく、近くの外科の先生を急遽お呼びしての手術だったそうだ。

えっ、手術になるかもしれないという可能性は考えなかったのか、その先生が不在だったら、私は救急車で運ばれていたの？　危なかったんじゃない？　結局、骨盤の形がおかしいだか狭いだかで、普通分娩では無理だったのだ。

なんだったんだ、あの問いは。

「お母さんお姉さん、問題なく出産できた？」というあのときの質問は、まったくあてにならない判断材料。散々な初産だった。

第二子は絶対に総合病院で産むことを決意した私であった。

出産事件簿パート2

第二子を授かった私。ボロ家に住んでいた我が家だけれど、住めば都、楽しく過ごしていた。日中は、ソウのビデオを撮っては信平さんに見せたり、テープにダビングして両家の実家に送ったり。あの頃はＶＨＳだ、時代を感じる。ソウも病気することなく、健やかに育っていった。車がない私は相変わらず、バスやタクシーで出かけたり、妊婦検診は日曜が休みの信平さんと一緒に出かけた。

そして、ついに実家に帰る時期がやって来た。臨月になったらドクターストップで飛行機に乗れないそうで、出産予定日の6週間前に実家に移動。信平さんは1人で青森ステイ。ソウは3070グラムで生まれたので、第二子はそれより大きくなると、子宮が破裂するとかなんとか。予定日より2週間前に手術が決まり、7月16日に入院、7月17日に手術、信平さんは7月17日に兵庫県に帰ってくることになっていた。

がしかし、入院して説明を受けていたら、なんだか陣痛。次男が、早く出せーっとばかりに騒ぎ出し、結局、またもや緊急手術…予定より1日早い、7月16日に2994グラムの元気な男の子を帝王切開で無事出産。いや、無事ではなかった。

あんなことになるとは、夢にも思わなかった。この少子化で本当に申し訳ないけれど、あの出産があったから第三子を諦めたと言っても過言ではない。もう3人目を頑張る覚悟は私にはなかった。

もう懲り懲りです

帝王切開手術日の前日に、暴れ出した第二子。

また、緊急手術とあいなりました。今度は地元・兵庫県でも有名な総合病院、何があっても大丈夫。部分麻酔のため、耳も目も普通に機能、いざ手術室へ。

手術開始、第一子のときより余裕のスタート。というのは最初だけ、開腹、先生がゴソゴソしてる、棚のガラスに若干、バタバタしてる様子が映ってる。どうしたの？

先生が「うわっ」て言った。うわってなによ……と、その瞬間「オギャーオギャー」と元気な鳴き声がして顔を見る､元気な男の子。超可愛い～～こんにちは♬ やっと会えたねと安堵し感動に浸っていると、先生が「癒着が酷すぎる、同業者のことを悪く言いたくないけど、お1人目の手術のときの処理が悪すぎます。」

「井上さん、癒着をとる必要があります。癒着シート1枚7千円かかりますが使っていいですか？」「麻酔が切れるので急いで処理しますね」

えっ、麻酔が切れる？　ウソだ、まだお腹開いているけれどー、お金のことはどうでも良いから早くしてーっ。

それから癒着を剥がし、シートを貼って処理を続けている最中に私の記憶のなかでは麻酔が切れ出した。手術終了時には、ノー麻酔。激痛。失神するくらい痛かったのを覚えている。

「先生、早く痛み止めを打ってくださいっ、痛い、痛い、痛すぎるーっ」と悲痛の叫び。陣痛より痛かった、2度目の帝王切開。手術翌日、先生が「だいぶ頑張って癒着は取りましたが、まだ残っています。3人目をご出産されるときは今回よりもさらに痛いので覚悟してください」と言われた。少子化でもごめんなさい。もう産みません…勇気がありません…

そして翌日、信平さんが病院にやってきた。

へその緒、そんなに？

踏んだり蹴ったりの次男の出産。驚いたことに、へその緒は、標準の2倍の長さと太さがあったそうで、記念にへその緒を2個いただいた。なんぼ、母から栄養取ったのだ…

ちなみに、次男の名前には、健康の「健」の文字が入っている。びっくりするくらいその名の通り、健康なのである。兄のソウは、保育園時代に7回の入院＋3回の手術をし、身体が弱くてドジっ子で怪我ばかり。自家中毒になったり、よく点滴もしていたけど、次男は熱が出て点滴をお願いしても、小児科の先生が「次男君は大丈夫、すぐ元気になるから〜」というほど、自然治癒力が高かった。

19歳になった今でも、点滴をしたことがなく、とっても元気。「健」の字は信平さんのおばあちゃんの名前「けん」からいただいた。

嫁いできた私を、とても可愛がってくださったおばあちゃん。普段も着物を着ていた、シャキッとした85歳くらいのおばあちゃん。

私が出産を機に会社を辞めたとき、一緒に習字したりして過ごしていた。移住した年の正月はお金に余裕がなくて帰省できず、お正月におばあちゃんに、第2子を妊娠したことを伝えたらすごく喜んでくれた。心臓が悪かったおばあちゃんは、その電話の1ヶ月後に天国にいっちゃった。

帰省できなかったことをとても後悔し、お腹の子の名前は絶対に、おばあちゃんの名前をもらおうと決めていた。おばあちゃん、あれから19年経ちました。信平さんにそっくりな次男は、口数は少ないけどとても優しくて何事にも一生懸命、心が真っ直ぐで良い子です。生後5ヶ月だった長男は、21歳になりました。のんびり穏やか、人当たり良くて優しくて、茶目っ気いっぱい憎めない性格の子です。2人とも頼りになる良い子に育ちました。

青森の井上家は楽しく元気に過ごしています。おばあちゃんは天国で、元気にしていますか？

別人

やれやれの帝王切開から一夜明けた翌日。出産当日から夜中に授乳で2度起こされ、寝不足、ヘトヘトボディのお昼過ぎ、信平さんが青森からやってきた。19年前、テレビ電話もSNSもなかった時代、顔を見るのは実に1ヶ月ぶり。

えぇ？　えぇっ？　えぇ〜〜〜〜〜〜〜〜っ。

別人。誰？　痩せた信平さんがそこにいた。

病的な痩せ方ではなく、朝は納豆、昼は近くの定食屋さん、夜はあっさりめの惣菜。おそらく10キロ近く痩せたもよう。羨ましい限りである。私はというと、臨月まで8キロ増で抑えていたのに里帰りした1ヶ月で、さらに5キロ太ってしまった…ソウの出産後は大事にされすぎの産婦人科、2日間くらい、寝っぱなしで母乳をやらなかったら、2ヶ月でほぼ母乳は出なくなり、完全ミルク。良いのか悪いのか、2ヶ月目から夜もぐっすり寝てくれ、夜中1度も起きないという育てやすい子だった。今度は母乳で育てたかったので、母乳を推奨する病院を選んだら…休ませてくれない。井上さん、起きてください、母乳の時間ですよ、と夜中に何度も起こされ、退院してからも寝付き悪いし、夜中も寝てくれないからミルクを足してもいいかと看護師さんに聞いても、ノー。次男　ケンタは夜中も何回も起きた。一晩寝るようになったのは8ヶ月くらいだったろうか…

ソウは私に激似、ケンタは信平さんに激似。私とソウは目が細い、涼しげなお目々。ケンタと信平さんは目がくりくりぱっちり、女の子のような可愛いお目々。

信平さんがソウを抱っこしてトイザらスでオモチャを見ていたら、誘拐犯？と疑われるような目でジロっと見られたこともあったらしい。

ソウも久しぶりにお父さんに会って、甘えん坊。そして、２泊３日で信平さんは青森に帰って行きました。それから２ヶ月、実家の兵庫県にいるから楽だと思ったのに、それはそれで大変で、私は途方に暮れた。

奮闘の毎日

実家には、父59歳、母56歳、姉31歳がいた。ご飯はパート勤めの母が作ってくれるし、お風呂も準備してくれる。余裕の産後ライフと思いきや、ところがどっこい。ケンタが全然寝てくれない…。あの頃一日中、おっぱいをやってたんじゃなかろうか。授乳して寝かせても、１時間くらいですぐ起きた。泣いて抱っこして寝たなと思って布団に置いたら、また泣く。泣きたいのはお母さん…

昼間は母がいてくれて、交代で抱っこしてくれたけど、夜中は１人。後半、なんで寝てくれないの…と泣きながら抱っこしたまま、座って寝てたっけ。

幸いだったのは、ソウが楽しそうだったこと。

叔父叔母も毎日、遊びに来てくれて賑やかな毎日。だいたい里帰りは産後1ヶ月間くらいだけど、青森に帰ったら最後、だれも頼りになる人がいないので2ヶ月間いた。なかなかぐっすり寝てくれないケンタだったけど、信平さんも1人で寂しいだろうし、覚悟して青森へ。

一歳8ヶ月のソウと生後2ヶ月のケンタを連れての飛行機は、大変。母に青森まで一緒に来てもらい、三日間いてもらった。

さぁどうなる…信平さんは残業ばかりであてにならず、3度の食事、子どもふたりの面倒、お風呂も私1人で入らなければならない。そして、ケンタを寝かせることが最大のミッション。

一か八か、調べに調べ、Amazonでレビューが良かったベビービョルンのバウンサーを購入。これにかけるしかないっ。

なんと！　かけは的中した。ケンタはすごく気に入って、超ご機嫌。動けば揺れて寝ちゃうというシステム。気がつけば寝てるということが多くなり、寂しがり屋のソウともじっくり遊んであげれるし、ご飯もちゃんと作れた。がしかし、私1人で2人をお風呂に入れるのはホントに大変。まず、ソウと一緒に先に入り、お風呂のドアを開けたまま脱衣場の外にバスタオルを引いて、ケンタを寝かせておく。ソウの身体を洗ってあげて、温まって上がる、急いで身体を拭いてパジャマを着せる。この間にケンタが泣き出したら、もう最悪である。次にケンタの服を脱がせ、お風呂にまた入る。その間、長男は準備しておいたアンパンマンのビデオを見せ、ご機嫌で待たせておく。まさに烏の行水、ゆっくりお風呂に浸かって疲れをとる？ない、ない。頭を洗うのも超マッハ。

ボロ社宅で、私は裸で走り回っていた。青森に戻ったときは9月だったから、まだ良かったけど、冬でも裸で走り回っていた。恥ずかしいとか、そんなの関係ないのである。あの頃、必死で正直あんまり覚えていない…よく2人目から写真やビデオがないと言うけれど、これぱかりは致し方がない。そんな余裕がないのは確か。3人姉妹の末っ子の私なんて、小学校くらいからやっと写真がある。

ベビービョルンのバウンサーの購入により、子育ての暗闇から抜け出せた私。まぁ裸でウロウロしたものの、一気に雲が晴れたように時間に余裕ができていった。ソウも、ケンタが可愛いのか布団をかけてあげたり、おしゃぶりが口から外れてたら戻してあげたり、なでなでしてあげたり。

7月生まれのケンタも、春になり生後9ヶ月。ベビーカーに乗せ、2歳5ヶ月のソウを歩かせて近くの公園へよく行った。この頃、ソウは単語は少しずつ喋り出したものの、話すまでもなく。お父さん↓とうとん、お母さん↓かあかん、と、あとはブーブーなど単語をチラホラ。もしかして発達に問題があるのかと保育士さんに相談もしたりした。

次男が10ヶ月頃になった5月。貯金を少しずつ崩しながらの生活に、底が見えてきた。ケンタが3歳まで一緒にいたかったけれど、このままでは生活できない、働くことにした。まずは保育園探し。徒歩で行ける範囲で3箇所、見学に行った。有難いことに待機することなく、即入園できた。

私、29歳の夏。いよいよ就活スタート。そしてここからが怒涛の面接落ちまくりの日々のはじまりはじまり。

いま、買うの？

そういえば、忘れてはならないエピソードがあった。

第二子を身ごもり、来月に臨月を迎えるというときに、信平さんが「絵を見に行こう」と、青森市まで出かけた。そこにはたくさんの絵が展示してあり、信平さんが「この絵を買いたい。今は古い借家に住んでいるけど、いつか、この絵が飾れるくらいの家に引っ越しして、白い壁のリビングに飾りたい」と。

値段を見てびっくり、１００万円。

「どこにそんなお金があるん？」

「ローンで」

「貯金もない、来月には出産するのに無理に決まってるやん」

「いや、買いたい」夫婦喧嘩が始まり、私は泣いてしまった。まだ一歳半のソウは訳もわからず、キョトンとしていた。販売員さんも、慌てる。私が泣いたからか、微妙に「3万円ほど値引きします」と提案。１００万円のうちの3万円なんて、屁のつっぱりにもならない。これだけ切り詰めて節約してるのに、なんでいまなのか、意味がわからなかった。

結局、10年ローン?で買った。いま、我が家の白い壁のリビングに飾ってある。

男のロマン、男の野望はときにわかならいときがある。

第四章

仕事・子育て（保育園編）

甘くない就職活動

失業率ナンバーワンの青森県。

独身時代、兵庫県では高校卒業後、住宅資材会社で営業事務。18歳から26歳までずっと勤めた。高校時代はスキー場のバイトくらいであまり職歴は華やかではない。資格も普通免許だけという、いたってシンプルで薄い経歴。

日祝は保育園が休みなので、やっぱりここは迷わず、事務員さんチョイス。履歴書でまず3社、撃沈。青森県の会社ならまだしも、兵庫県の会社に8年半勤めた、子持ち主婦。高校も青森なら頭の良し悪しは分かるけど兵庫県立高校、アホなのか賢いのかどこの馬の骨なのか。それとも子持ち主婦は、ダメか…その頃ちょうどオープンしたリサイクルショップの裏方で、パック詰の内職の仕事の募集があり、お子さんを持つママ大歓迎！　とあったので応募。面接の返事すらなく、電話したら「今バタバタしているので後日、連絡します」と言われた。結局、電話はかかってこなかった。やるせない気持ちでいっぱい。

歯医者さんの事務員さんも応募した。その年、市の親子歯科検診で親子ともに虫歯なくて、よく覚えてないけど3位になり、表彰されてその記事が新聞に掲載され、名前が載った。面接でそのことを伝えたけど、なんのへのツッパリにもならず、不採用。今思えば、そりゃそうだ。

また、別のとある事務職の面接で
「津軽弁、わからないべ？　厳しいな。」

忘れもしない、あの言葉。

生粋の関西人です、青森に住んでまだ2年です。分からないです、と心の中で呟いた。18年前、今ほど国や、地方が子育てママが仕事をすることに対してのサポートに力を入れてなかった。今は女性就労支援活動があったり、職場に理解がある環境だけど、昔は全然。両親をはじめとした、頼る人がいない状態で、小さい子を育てながら働くことの厳しさ、辛さを知った。

「お子さんが病気になったらみてくれる人いますか？」

「いえ、家族で移住してきて両親は兵庫県なので、みてくれる人はいません…」

また、３社落ちた。

確かに、確かにわかる。事務員さんだと急に休まれたら困るのは。１ヶ月半、面接を受けては落ち続け、職安に通い続け。なんだか、自分の存在が全否定されているようで辛かった。そんなに子をもつ母は受け入れてもらえないの？　仕事は決まらずとも、保育料はかかる。焦り出した。事務員さんは諦め、たくさん人がいる工場ならもしかして、とクリーニング工場のパートを受けることにした。面接の前日も、ソウが熱を出し保育園を休んだ。もう開き直り、やけくそだった。

「子供が熱出たら、いっぱい休みます。津軽弁もまったく分かりません。でも、採用していただけるなら私は一生懸命働きます！」と声を大にして伝えた。すると社長は、

「井上さん、うちは小さいお子さんがいらっしゃる方いっぱいいます、安心してください、それにうちには高知県と大阪府からお嫁に来た人もいるから、津軽弁わからなくても大丈夫ですよ。いつから来れますか？」

あぁなんて良い方だ。私は勤めることにした。

大物になるかも

やけくそになったけど、無事就職できた私。

決まるまでに1ヶ月半の月日が経った。就職活動をしながら、子どもたちの慣らし保育をスタート。初日はお昼ご飯前でお迎え、2日目はお昼ご飯を食べた後のお迎え。3日目から夕方までと少しずつ伸ばしていった。

このとき、ソウは2歳8ヶ月、ケンタは後2週間でちょうど1歳だった。長男は生まれてからずっとお母さんと一緒。甘えん坊で、もちろん保育園の初日も大泣き。泣かないで、お母さんだって預けたくないよ。でも、いざ預けられたら、マイペースに遊んで楽しんでいたらしい。笑

問題は、ケンタ。保育園のお昼ご飯をまったく食べなかった。保育の主任先生が、

「普通の子は、お昼ご飯やオヤツにつられて泣き止むけど、ケンタ君は全然無理です。こんなに断固として食べないのはなかなかいない。昔、同じような子がいたけど、進学校に入って生徒会長もして首席で卒業したよ、大物になるよ〜。」

と、お墨付きをいただいた。お墨付きをいただいたは良いが、困り果てた先生に「お昼だけ、ご飯を食べさせに来て欲しい」とお願いされた。結局、1週間毎日お

昼ご飯を次男に食べさせるためにだけ、保育園に私は行った。

また、我が家はおしゃぶり推奨派。2歳8ヶ月の長男もチュパチュパ、3歳になろうとしているのに。ほっぺに食い込むほどにチュパチュパ。保育園に慣れたら取ろうと思っていた。そんな年少さんの部屋でおしゃぶりをしている兄を横目に、1歳児クラスの弟・ケンタは、先生に「ケンタ君、もう1歳のお兄ちゃんだからおしゃぶりは恥ずかしいから取ろうね」と、言われただけでおしゃぶりを口からペッと出し、その日に辞めた。これにはたまげた。やっぱり、大物になるのか。

いよいよ、子育て、家事、仕事の両立の奮闘がはじまった。

楽しいぞ、クリーニング屋さん

やっと決まったクリーニング屋さんのパート。日祝休みで、9時から15時。春の衣替え繁忙期は17時まで、冬の暇なときは9時に行って11時に終わることもあった。勤務時間2時間は流石にびっくりしたけれど、早く終われるし出勤は遅めだし、日祝休めるのは子持ち主婦には本当にありがたかった。

でもでも、勤めだして最初の週は、試練の連続。早速、長男ソウが熱が出しては保育園からお迎えコール。早退させていただきました。それから週一で熱出て、お迎えコールがあって早退して…最初の1ヶ月は週一休むペース。そうなってくると長く勤めているお局様（今はもう言わない？）がヒソヒソ話をはじめた。

「また、井上さんのところ、保育園から電話だって。よく休むな」みたいな…ヒソヒソになってない、ちゃんと聞こえてきた。

あぁ、やだやだ。右から左に受け流して神経図太く、私は働いた。不幸中の幸いだったのは、同じ日に勤めだしたアキコちゃんがいたこと。嫌なことはいっぱいあったけれど6年間勤めることができたのは、アキコちゃんがいたから。アキコちゃんは私よりひとつ上で、子どもたちも同じ年くらい。とても心強かった。

どうなるかと思ったクリーニング屋さんの工場勤務。これが実にやり甲斐のある楽しい仕事だった。業務用のアイロンは何でもかけれるミラクルなもの。ナイロンのジャンバーでも、スーツでも、何でもござれ。服が綺麗になっていく、シワが取れる、最高に気持ちの良い仕事。最初はどうなるかと思ったけれど、取り敢えず何でもやってみることが、大切だと実感した。案外、自分が何に向いてるかは分からないものだ。

母として一番つらかった

青森に移住して2年目の冬は、大雪だった。

腰くらいまでの雪が積もった。子どもたちは大喜びだったけど、雪かきに追われ大人はクタクタだった。保育園に通いだして半年、２人とも病気のオンパレード。おたふく、りんご病、インフルエンザ、扁桃炎、風邪からの中耳炎。

泣きたくなるくらいに仕事を休んだ。弘前市には、病気の子を預かってくれる病児保育所という、市の施設があった。※小児科に併設され、１日に何度か先生が診てくださる。

私は、病児保育を利用しながら仕事をした。枠はとても少なくて、４人。弘前市全体で４人という、狭き門である。前日予約はできず、当日の朝８時に予約開始。時報を聞きながら、必死で電話をかける。タッチの差で繋がらず、繋がったと思ったら定員オーバーも多々あり。予約ができて、預けて仕事に行こうとしたら、「かあか〜ん、嫌だ、行かないでー」と泣くソウ。ケンタは丈夫だったため、あまり熱は出なかったが、ソウはしょっちゅう。月に１度は40度の熱。急性扁桃炎でいつも熱。お母さんだって具合悪いお前を預けてまで仕事したくないよ…でも、今の職場をクビになったら、ジジババがいないお母さんは働くところがない。生活もある。職場に行けば心ない先輩が「病気の子を預けてまで働かなくてもよくない？」あなたにはわからない、両親と住んでお金の心配もなくて、病気のときには面倒みてくれる人がいる人には。病気の子を預けてまで働くべきなのだろうか、自分を責めて葛藤と辛さで押し潰されそうになることもいっぱいあった。

青森に住んで21年。一番辛かったのは、病気の子を預けて仕事をしたこと。自営業になって大変なことはたくさんあったけれど、本当に心が辛かったのはこの頃だった。

そんなときの心の拠りどころは、病児保育の看護師さん。いつも励ましてくださり、話をいっぱい聞いてもらった。「ソウちゃんママは本当に頑張ってますよ、自分を責めないで」といつもいつも元気をいただいた。

初めての入院

こんな生活が半年くらい続いた頃、ソウが入院することになった。何度も何度も40度近く熱を出していたけど、今回ばかりは体力も落ちているし。自家中毒でご飯も食べられない、入院したほうがいいと先生に言われた。

そこからが大忙し。保育園にいるケンタはどうする…まずは信平さんに連絡した。信平さんの勤めていた会社は、勤務時間は携帯をロッカーに入れておくシステム。お昼休憩時にやっと連絡が取れ、残業ばかりで定時に帰った事がないけれど、このときばかりは定時に退勤し、ケンタを迎えに言ってくれた。

簡単な晩ご飯を準備し、入院の荷物を持って、やっと夕方に入院した。初めは入院と聞いてビックリしたけれど、これで24時間、何があっても大丈夫だと思うと、少し安心もあった。入院翌日の朝、病院のロビーでパート先に電話をした。私はもう会社を辞める覚悟だった。

「すみません、子どもが入院にすることになりました。1週間ほど休まないといけないので、もうクビにしてください」

工場長「大丈夫だよ、辞めなくても。井上さん、退院したらまた出勤したらいいから」

なんて理解のある会社。私は胸を撫で下ろし、病室で待っているソウのもとに戻った。小児科での入院は24時間、保護者付き添いが必須。もちろん専用のベッドもなく、6人大部屋でシングルの病院ベッドに添い寝。正直狭すぎる。夜中もしんどくて泣く。同室の子達が起きないかと気を使い看病する。ほとんど寝れず、ご飯も売店か、病院食の残り、もちろんお風呂も入れない、逆に私が不健康になっていった。

翌日、信平さんとケンタがお見舞いに来てくれた。1歳児と2人きり、仕事しながらの生活。朝ごはん、保育園にお迎え、晩ご飯…一番、大変だったのは信平さんだった。

信平さんが定時で帰れないときは、同じ保育園のママ友が助けてくれた。

「パパ、仕事大変でしょ?ケンちゃん、連れて帰って晩御飯食べさせておくよ〜。」と、預かってくれることもあった。ママ友がご飯を食べている写真を送ってくれた。いきなりお兄ちゃんが入院して、自分もまだ喋れないのに友達のお家で泣くこともせず、お父さんのお迎えを待ったケンタにも寂しい思いをさせた。

沢山の人に助けてもらいながら、初めての入院を無事経て、退院。1日予備日を設け、1週間ぶりにいざ職場へ。

あぁ、きっとみんなが冷たい目で見る。でも迷惑かけたのも事実。お詫びに菓子折りを持って出勤。案の定、冷ややかな目の人達もいた。私は今まで以上に役に立てるように、頼まれたことは、何でもハイ!元気に明るく仕事をした。

私が仕上げた商品に文句を言ってくる人、嫌味を言う人、無視する人、私が仕事しにくいように嫌がらせをした人もいたけど、気にせず頑張った。いや、心は折れそうだったけど私には守るべきものがあった。微々たるパート収入だったけど、家族が生活するために必要な収入。

数人の反対勢力以外は味方だった。社交的で人懐っこい性格だった私は案外、みんなに好かれていたと思う、たぶん。

工場長にも気に入られ、いろんな部署でいろんな仕事をさせてもらい、オールマイティ選手になった。

年末年始、帰省するときも工場長に「井上は実家が兵庫県だから、みんなより長く休んでゆっくりしてこいよ。」と、多く休みをもらったり。初めての入院の後も、ソウは急性扁桃炎で3回も入院した。その度に快く休みをいただき、本当に働きやすい職場。

保育園に通い出してちょうど2年経った頃、ソウが大怪我をしたのだ。そして、1ケ月間、休園、休職となった。

やらかす男のエピソード

すでに、ソウ5歳、ケンタ3歳まで珍道中を書いていますが、これなくしてはソウを語れない武勇伝がある。これを語らずに何を語るんだ。

忘れもしない保育園に入る前、雪が積もっていたので、3月くらい。ソウが2歳半、ケンタが8ヶ月。まだ車も持っていなかった私は、社宅のママ友の車に乗せてもらい、子育てサークルに参加した。ママ友が運転して、3歳の息子さんは助手席のチャイルドシート。私は後部座席で、ケンタを抱っこしてソウを隣に座らせて「楽しかったね、また行こうね～」なんて楽しく話しながら帰路。信号待ち、ママ友の車は、右折レーンで停車。真っ直ぐ進むレーンが左に。信号が青になり、ママ友が交差点で、カッチンカッチンと対向車が来るので待機、対向車が途切れ、徐行で出発。次の瞬間、

「かあか～ん！」

なにが起こったか分からなかった…隣りにいるはずのソウが座ってない。へっ？遠くから呼んでる？？

そのときの状況は今でも鮮明に覚えている。ソウ、後部座席のドアをなぜか開けたのだ、そして、その瞬間、右折しようと車が発進して……コロンコロン……車から落ちた。

えぇ？　えぇ？　えぇーっっ！

雪が積もった交差点に取り残され、「かぁか〜ん」と叫んでる。運転してたママ友に、「ソウが車から落ちた、止まってー!」「え？　え？　えー。ちょっと待って!」と、数十メートル離れた所で路肩に止めて、ケンタを抱っこしたまま、交差点に私は走った。

そこにはポツンとキョトンとしているソウがいた。不幸中の幸い、そこは田舎だったため、交通量も少ない。後方から車も来なかった。もしも、もしも、車が来ていたら轢かれて……今となっては笑い話ですが、本当にビックリどころじゃない。普通、ドア開ける？？

こんなこともあった。

初雪がちらつく11月。家族で道の駅に買い物に行った。信平さんは3歳のケンタを抱っこし、車の方へ歩いていた。私はその後ろを、ソウはまたその後ろを歩いていた。前から50代くらいの女性のお2人が、こっちを見てすごくビックリされていて、指差している。何？どうしたの？？

私たちは振り返った。

深さ40センチ、幅1mくらいの人工的な小川が流れていた。氷がうっすら張ったその小川に、ソウが落ちていた。しかも無音、叫びなし。いつもキョロキョロ、よそ見をしていたソウ。このときもよそ見をして、ドボン。すぐに車に運んで素っ裸にし、濡れた身体を拭いて暖房をガンガンにかけ、車にあった膝かけでくるんだ。フル〇ンになったソウは1人楽しそうだった。。。もっと深かったら、心臓まで浸かっていたらと思うと怖い。ホントに次から次へとやらかす。

いやはや、ソウの運の強さに完敗。これにも勝る九死に一生エピソードがまだまだありますが、恐ろしい生命力。この子は本当に何かの力で守られていると思わざるをえないエピソードがその後もつづく。

救急車に乗る

まだまだ続くよ、ソウのドジっ子はどこまでも。

ソウ5歳、ケンタ3歳のとき、仲の良い保育園のお友達家族に誘われ、我が家はキャンプデビューをした。

十三湖でシジミ採ったり、碇ヶ関のたけのこの里で釣りをしながら川遊びしたり、秋田の大曲花火大会に2泊3日で灼熱の中、ヘロヘロになりながらキャンプしたり。いろんなところへ出かけた。もちろん貧乏だったので節約キャンプだったけど、楽しかった。

キャンプも数回経験して、慣れた頃、森田のつがる地球村でキャンプ。この日も友達家族と一緒に。忘れもしない8月14日の夕方、17時頃。お昼からBBQをしてまったりしていた。そろそろ晩御飯の時間、あっさり魚でも食べようかと、炭で秋刀魚を焼いていた。

子どもたちは、テントのすぐ隣のジャングルジムで遊んでいた。すると、ソウの泣く声、「かぁか〜ん、かぁ〜ん、痛い」と、歩いてきたソウの左手が曲がっていた。骨折している?血の気が引いた。何が起きたか分からない。

ジャングルジムから落ちたのだ。もうそこからは焦りしかなかった。ちょうど隣でテント張っていた方が、お医者さん。すぐに処置してくださった。「早く、救急車を！　何でもいいから添木を！」キャンプ場なのにすぐに添え木も見つからず、サランラップを骨折した腕に当て紐で縛ってもらった。救急車が来た。私は財布と携帯を持って救急車に乗った。「搬送先が決まったら電話するから」と信平さんとママ友に言った。救急車は発車。もちろん、信平さんはお酒を飲んでいたので車で追うこともできず、待機。一気に酔いが覚めたことだったろう。

この日はお盆の真っ只中、8月14日。病院はどこも休診。救急隊員の方が何箇所も電話するも受け入れ先がなく、1時間後に決まった。五所川原の病院に運ばれ、処置室へ。こんなに手が曲がっているのに、ソウは痛がってもなく、泣いていない。さらに1時間待たされた。不安は募る、こんなに放置して大丈夫なの？　手術とかしなくていいの？　向こうでバタバタしている。点滴をし、先生から「緊急手術が必要ですが、ここではできません。受け入れ先を探しています」と説明された。

「お住まいはどこですか？」

「弘前市です」

「わかりました、受入先が弘前大学病院でもよろしいですか？」

「はい、どこでも良いので早く処置してください！」

やっと大学病院の受け入れが決まり、五所川原から弘前へ、また救急車で行くことになった。夕方の事故で、五所川原を出たのは恐らく20時頃？　いや21時？　その間も信平さんとメールでやりとり。楽しいキャンプがもうそれどころではなくなった。

弘前大学病院に着いた。整形外科の先生が到着を待ってくださっていて、そこから最悪の説明が始まった。

「お母さん、これから言うことは最悪のことです。でも私達は説明しなければなりません。息子さんは、神経に損傷があります。折れた骨が刺さっていて、脈が触れない、指を動かしてと言っても反応しません。最悪の場合、指に麻痺が残り動かないかもしれない。お子さんなので回復も期待できます。最善を尽くしますが、万が一のことは覚悟してください」

もう頭が真っ白。でも、起こってしまったものは仕方がない。

「宜しくお願いします」としか言えなかった。

看護師さんがソウに、気持ちを落ち着かせて不安にさせないためにアンパンマンのビデオを見せていた…夜中にアンパンマン…

手術が始まったのは夜11時。終わったのは夜中3時、長い長い4時間だった。手術室から出てきた先生、

「最善を尽くしました、手術は成功しました。あとはソウくんの回復を待ちましょう。」

ヘトヘト…。夜中の3時、手術を担当したイケメン医師に、

「お母さん、着のみ着のまま来られたんですね。少しおやすみください」と言われた…そりゃキャンプして化粧も取れて、焼肉臭くて、短パンTシャツ、ビーサンで、急いで救急車に乗ったんだもの…シャツも汗臭い…髪もボサボサ、そりゃ着のみ着のままって言われるわ…泣

もう1回手術

翌朝、テントを急いで片付け、信平さんとケンタが朝ご飯を持って病院に来てくれた。

夕方、秋刀魚を食べようとして事故は起こったので、昨日のお昼から何も食べていない。急に安心してお腹が空いた。私達が救急車で運ばれた後、どうすることもできないので、友たち家族とまたＢＢＱをして、温泉も入ったという。心から楽しめなかったに違いない。入院した整形外科の６人の大部屋は、大人の男性の人達ばかり。ねぶた祭りで転んで複雑骨折した50代のおじさん、もう元通りにはならないとおっしゃってた。

ソウはどうなるんだろう…

午後は、一緒にキャンプしていたママ友、クリーニング屋さんで同期のパートのアキコちゃんも来てくれた。「何かできることあったら言いなよ、ケンちゃん預かろうか？」と本当に助かる。この日は8月15日。翌日から仕事。もうさすがに、クビを覚悟した。というより、辞めた方がいいと思った。退院しても保育園にはいけないであろう、１ヶ月以上、仕事を休まないといけない。

翌日の朝、パート先に電話し、カクカクシカジカで入院となったこと、退院後もしばらくは自宅で療養が必要であること、１ヶ月は休むことを伝え辞めたいと言った。すると工場長が「井上、大丈夫だよ。息子さんと一緒にいてあげてなさい。落ち着いたら出勤したら良いから」と言ってくれた。

本当に有り難く、お言葉に甘えて休職させてもらった。3日ほどで退院し、骨折ギプス生活。麻痺した指は全く動かない。やっぱりダメなのか…術後1週間の経過診察で、レントゲンを撮った。すると先生が「骨というのは動きながらくっついていきます。ソウ君の経過を見ると、歪んで骨が形成されています。もう一度、手術をします」

えっ……もう1回??

ということで、ジャングルジムから落ちた1週間後に早くも2度目の手術をすることになったのだ。ちなみに、後々教えてもらったこと。イケメン整形外科の先生と一緒に整形外科の教授がわざわざ執刀してくださったのだとか。整形外科の教授というのは、だいたい足などの専門医がなるそうで、この大学病院の教授は手の専門の先生が教授だったのだとか。それほど、名医だったそうな。

ソウ、持ってるのか持ってないのかと聞かれたらこれは持ってるのかなと。手術後、イケメン医師に言われたのは「2メートルくらいから落ちて、これくらいで済んで良かったです。頭から落ちていたら、もしかしたら命も危なかった。奇跡を祈りましょう。大丈夫ですよ。」と。

2歳半のときの車からの落下といい、氷の小川にドボンといい、今回といい、やはり見えない何かに守られているのかもしれない。

動くやん…

2度目の手術が無事成功し、手術翌日には退院。退院早すぎてびっくり。相変わらず、左手の親指と人差し指がまったく動かない。肘のところからはボルトが飛び出てて、見た目が若干、グロかった。もちろんまだまだギプス生活、ボルトを抜くまでは自宅療養となった。3週間経っても、左手の親指と人差し指がびくともしない。やっぱり麻痺が残るのか…
担当の整形外科の先生が「手術は成功したので動くはずなんですが…」
母「ソウ、指動いてみて」
ソウ「動かないよ〜かぁかん」

母「諦めんと、曲げてみな」

ソウ「曲げれない……」

パートを休職させてもらい、ソウと自宅で療養生活がはじまった。ギプスをしているので、服の袖に腕を通せない。まずは服作りをした。Ｔシャツの脇をハサミで切って、スナップボタンをつけて、脱ぎ着しやすい服を手作りしたり。パート勤めをスタートして２年、こんなにのんびり生活したのは久しぶりだった。

１ヶ月経った頃、刺さっているボルトを抜いた。

保育園から、ギブスで登園しても良いと許可が出たので１ヶ月ぶりに登園することに。この時点でまだ指動かず、なんで曲がらんのんやろ。ふと、家にあったＤＳを長男に渡した。ちなみに、我が家はゲーム反対派。いまだにこの15年前のＤＳ、10年前に買ったＷｉｉⅡ、30年前のスーパーファミコンしかない。スーパーファミコンは未だに現役である。

話は戻り、マリオカート、スーパーマリオ、テトリス、やり方を教えた。

んんん？　あれ？　指動いてない？　動いているじゃん、ゲームしているじゃん、え？　えぇ？　えぇーっ！！

アンビリーバボー、普通に動いた指。それからリハビリがわりにDSをやらせたらミルミル回復していったとさ。そしてDSやりすぎて視力が著しく下がったとさ。

でも、動くようになって良かった、本当に。

神さま、ありがとう

1ヶ月、全く麻痺して指が動かなかった、いや動かさなかったが正しい。DSを与えたらいとも簡単に動いた。

そして、我が家、やっぱり持っているなと思った。いや、こんだけ大変だったから持ってない？いや、2メートルから落ちて骨折のみだから持っている。どっちやねーん！！！　いやっ、持っていたのだ。

ソウは喘息があった。3歳くらいに喘息と診断され、入院はせずとも度々発作はあった。吸入器も常に常備薬。ホクナリンテープは強い味方。夜中に発作が出てヒューヒュー。

「かぁかん、息ができない…」と、夜中に夜間救急に駆け込み酸素吸入したこともあった。

喘息があったため、保険加入が難しく、なかなか入れる保険がなかった。やっと条件付きで加入可能なコープ共済保険を見つけて、加入手続きをしたのが、なんと骨折の1週間前。病気での補償は3ヶ月後だったけど、な、な、なんと！　怪我の補償は手続き当日から。な、な、なんと、1回分の保険料千円を払って今回の手術、入院補償を受けることができた。持っているとしか言いようがない。

ボロ家、貧乏だった我が家。1ヶ月半パートを休んだということは、生活が苦しいはずだった。入院代は市の医療補助で全額無料。保険対象外のパジャマ、食事代のみで済んだ。2回の手術、入院したことでコープ共済さんから、確かパート収入の4ヶ月分くらいはいただいた。しかも、初回掛け金千円だけで。不幸中の幸い、備えあれば憂いなし。

ホントに助かった。そして、私は1ヶ月半ぶりに職場復帰した。もちろん、菓子折りを持って。今回は奮発して豪華なものを。みんなの視線、反応に緊張しながら車を走らせた。

薬の量が10倍、処方

1ヶ月半ぶりの職場、もう休みすぎてぶっちぎったからか、誰も何も言わなかった。拍子抜けだったけど、ひと安心。

ここまでソウのネタばかりだった。ドジっ子のソウに比べて、2歳下のケンタは子供のころから、石橋を叩いて渡るタイプ。あまり事件を起こさなかった。落ち着いた子どもだった。身体も健康、運動神経も良く、ソウと違ってお調子者のようなこともあまりしない、安心して見ていられる。

そんなケンタが4歳のころ、珍しく風邪をこじらせた。週末だったため、保健センターの救急外来へ。診察は風邪、様子を見ましょう、と飲み薬をもらって飲ませた。すると、保健センターから夜の20時過ぎに電話。

「ケンタ君のご自宅ですか、先ほど処方した薬なんですが、量を間違えたようです。もう飲まれましたか？　お変わりありませんか？　今から伺いたいのですが。」

えっ、今から？　20時過ぎているし、具合悪くて連れていってるのに早く寝かせたい。結局、上の方と謝罪に来られた。そして聞いたら、適量の10倍処方されたようだ。人間だもの、間違いはある。けど10倍か…何もなくてよかった。

3度目の手術

骨折の麻痺も治り、ギブスも取れてやっと普通の生活に戻ってきた頃、またソウが急性扁桃炎で40度の熱。

私「ソウ、また入院やって」

ソウ「わかったー、オモチャ何持って行こうかな〜」

しんどいながらも自分のリュックにオモチャや絵本を入れて淡々と入院準備。扁桃炎での入院の4回目+骨折手術で2回、6回目の入院も慣れてきたもんです。小児科の先生「ソウ君、これだけ頻繁に40度の扁桃炎になるから扁桃腺をとった方がいいかも。高校、大学とか受験もあるし、小学校に上がる前に手術したら、市の助成で無料だし手術も考えてみて。」

確かに…家族会議の結果、ソウにも聞いたら、なんとも気軽に手術やりたいと。

手術3回目ともなる恐怖感があんまりなかった。国立病院に紹介状を書いてもらい、受診。手術の予約がいっぱいで最短で3ヶ月後、年長さんの年の10月に手術となった。一年半で3回の手術…凄いな。

耳鼻科の先生の説明で、手術日に風邪を引いたり、喘息の発作が出たら中止となるので、手術日が近づいてきたらあまり出かけず、体調を整えてください、と言われた。今回を逃すと更に3ヶ月後の来年の1月となる。1月にできないとさらに3ヶ月後、小学生になっちゃう。

手術の2週間前くらいから、ソウは保育園以外は外出禁止令を発令。ピリピリの我が家。でもいくら手術日を体調万全に迎えても、緊張から喘息の発作が出やすいようで、当日も気が抜けない。かれこれパート勤めも3年目となり、若干休みやすい立ち位置だった。今回、8日程度の入院予定だったので10日の休みをもらっていた。

さぁ、いよいよ手術前日の入院。前日から飲食はNG、当日はお水もアウト。大人なら大丈夫だけれど、6歳の子供に我慢しなさいは結構過酷である。なんとか気を紛らわせた。

今までは小児科、整形外科の入院、今回初めての耳鼻科の入院。基本、お母さんも泊まって付き添いしていただきますが、日中は下のお子さんのこともあるでしょうし、病院スタッフもいますので出かけられても大丈夫ですよ、とのこと。

これは今までの入院にはないこと、とても助かった。そして信平さんとケンタは家でまた2人生活。自宅から車で5分の国立病院に入院できたのも助かった。私は14時頃に病院を出て買い物、家に戻り晩ご飯を作って、シャワーを浴びて着替えて身支度。ソウは病院食があるので、ケンタと私の分はお弁当箱に詰める、信平さんの分はお皿に盛って置いておく。16時半、ケンタを保育園に迎えに行く。病院へケンタと一緒に戻って、3人談話室で仲良く晩ご飯。食後は病室や談話室で遊んで、仕事終わりの信平さんがケンタを迎えに来て、2人で帰宅。

何度も何度も入院するお兄ちゃん、お母さんはいつも病院で付き添い。ケンタは時折「寂しい」と病院の帰りの車の中で言ったそうだ。普通なら、おじいちゃんおばあちゃんが近くにいて頼れるんだろうけど、4歳のケンタにはたくさん、寂しい思いをさせた。

今までの入院生活、私の食事は病院の売店で買い、お風呂も入れず、それはそれは、お肌も荒れ荒れ、便秘にもなるし、ベッドの上とトイレの往復で運動不足、ソウは元気になるけど私は不健康になっていた。そして、いつも4人、6人部屋で音に敏感な私は休まるときがなく、ストレスが多い入院生活。

それに比べて、今回の耳鼻科入院はなんとも快適。バタバタではあったけど、気分転換で外出もでき、晩ご飯問題も解決！　私はもちろん、留守番チームの信平さん、ケンタにもちゃんとした晩ご飯を準備できた。

いざ、手術。

発作も出ず無事手術室に入り、1時間弱で終わった。除去した扁桃腺を見せてもらったら、大きかった。こんなに大きかったら、そりゃウィルスや菌をキャッチしやすい…そして全身麻酔からの目覚めた長男は、大暴れした。

病院制覇

全身麻酔を生まれてこのかたやったことがないので私は分からない…ソウは、これで全身麻酔3回目。30分くらいしてやっと落ち着いた。喉を手術しているので、術後はしばらくドロドロの流動食。お粥など子どもが好んで食べるわけもなく、ヨーグルトが大活躍。

今回の入院、同じ保育園の仲良しマナト君が、ソウより1週間早く入院して扁桃炎手術をしていた。しかも、マナト君はお父さんも一緒に入院して同日に扁桃炎手術。病室も親子で同じ。なんと、付き添いもいらないという画期的な方法をされていた。

手術日、先生より

「子供というのはとても回復が早いです、マナト君は2日くらいしたら普通の食事も食べられ体力も回復してとても元気ですが、お父さんはまだ思うように食べられなくて、回復に時間がかかっています。」

確かに、マナト君は暇を持て余し、ウロウロ。お父さんはまだグロッキー状態。1年前、ジャングルジムから落ちたときも脈が取れない、麻痺も出ていたソウは完璧に回復。同室で腕を骨折したという50歳の男性は結局、今まで通りには腕が動かないとおっしゃっていた。子供の回復力、恐るべし。

ということで、自然治癒力全開、ソウも驚異の回復力を見せ、3日目にはいろいろ食べられるようになった。保育園から連れてきたケンタとベッドの上でトランプやパズルしたり、同室の方達によくしていただいてなんとも楽しい入院生活。かかりつけ医は個人の小児科医院だったので、入院は市内の大きな病院を選ぶことができた。こんなに入院するなら、すべての病院を経験してみよう、市内の国立病院、市立病院、総合病院、附属病院すべて制覇した。呑気な親子である。一番快適に過ごせたのは、扁桃腺手術をした国立病院でした。

入院レポートが書けるくらい、2年間でいっぱい入院した、合計7回。もう懲り懲り…

でもでも、まだまだ入院手術することになるのです…

第五章

永住の決断と新生活

家買っちゃった

青森に移住して、かれこれ5年経った。いつまでこのボロ家にいるのか。
毎月、毎月がギリギリの生活。食費は1日千円、牛乳大好きな子どもたち、毎日2人で1リットル飲むので月の食費3万円のうち、牛乳代だけでも5000円、けっこう食費を圧迫。私はこっそり、牛乳に水を混ぜて飲ませていた。数年後、2人に聞いたら気づいてかなった。笑
外出するときは、家でお腹いっぱい食べてから出かける。もしくはお弁当を作ってピクニック。外食なんてこの頃はしたことがなかった。自販機のジュースなんてもっての外、高すぎる。もし買うならスーパーで88円のジュースを購入して家にストックしておく。私は未だに自販機のお水を買うのにビビる、根っからの貧乏性である。鶏肉はもも肉も滅多に買えず、安いむね肉ばかり、でも手間をかければ全然美味しい。もやしも大活躍。
貧しかったけれど、4畳半の畳の部屋にこたつを置き、子どもたちの成長を見守りながら、家族仲良く暮らし、幸せだった。

そして、ある日の平日の昼下がり、仕事が休みだった信平さんが家にいたら、「ここ、わのお家なんだ♬」と、ソウが小学校から友達を連れて帰ってきた。※津軽では自分のことを、わ　という

信平さんは思った。アカン、このままではアイツ、イジメられる。このボロ家から脱出しなければと。

いつかは独立を考えていた信平さん。個人事業主になったら住宅ローンは組めない。サラリーマンのときに家を買っちゃおうということになった。

貯金がほぼ0円だった我が家、マイホームを建てるぞ計画スタート。節約はさらに気合が入った。切り詰めて切り詰めて、スズメの涙ほどの貯金を元手に銀行のマイホームローン相談へ。案外、頭金がなくても借りられそうだったので、小学1年生のソウに

「お家を買って引っ越ししたいんやけど、転校してもええか？」

「嫌だ…転校したくない。」と泣き出した。

ケンタは「わは、いいよ〜」

がしかし、ここは夢のマイホームのためだ、ソウ、我慢してくれ…新築は資金的

にも厳しかったので中古住宅を探した。２箇所、内覧させてもらい売主さんと交渉して、今の家に決めた。築５年の中古住宅、入ってびっくり、新築の匂いがした。４ＬＤＫ ＋２台分のガレージ＋14畳くらいのサンルーム兼物置、50歳くらいの男性が１人で住んでいらっしゃり、なんと、５年間で台所を使ったのは数回、お風呂については２回ほどの使用。近くの温泉に毎日行っていたそうで、とにかく綺麗。２階に関してはまったく使用されていなかった。まるでモデルルーム。

ソウも転校は嫌だと言っていたのに、家を見てすっかり住む気満々。内覧してからボロ社宅に戻って鼻歌を歌いながら、新しい絵を描き始めたソウ。子どもってそんなもんである。マイホームローンも無事通り、ソウの転校手続き、ケンタの転園手続き、その他の手続き、引っ越しの準備などなどで、大忙しになった。築60年、戦前の建てられた社宅。南京錠、玄関に雪が入ってくる、風呂釜はタイル、窓は木枠でたまに苔が生える、鍵は捻締鍵…からの卒業〜、35年ローン、これで永住の決まりである。

さらば南京錠の社宅、お世話になりました。

7名の御一行様がやってきた

家を購入することが決まったころ、実家の御一行が青森に遊びに来た。私の両親、真ん中の姉、一番上の姉と旦那さん、小学4年の姪っ子、小学2年の甥っ子。義兄は初めての青森、父と上の姉と子どもたちは2回目、母と真ん中の姉は3回目。以前遊びに来てくれたときはまだボロ社宅だったので、寝るところがない。3泊4泊目は素泊まり温泉宿に。20畳の大部屋に我が家4人＋御一行7人の総勢11人。修学旅行気分である。従兄弟同士の枕投げ大会もはじまり大賑わい。

旅の目的は、ねぶた祭り、初日は、弘前のねぷた祭り。大太鼓、自衛隊の演舞も見せることができてよかった。夜ご飯、お刺身の美味しさに姉たちもびっくりしてくれた。温泉宿に戻ったのは23時過ぎ、翌日の朝5時にみんなで貸切状態で温泉。

2日目、青森市のねぶた祭り。お昼前には到着して、ねぶた小屋を見たり海鮮丼を食べたり、夕方には場所取りして、小雨が降るなかでの見学にみんな大興奮。何より、父と母が目をキラキラして楽しんでくれたのが嬉しい。そして甥っ子、姪っ子、両親も幸せの鈴をゲットした。幸せの鈴というのは、ハネト（祭りに参加する踊り子）の衣装には鈴がついていて、跳ねる度にシャンシャンと鳴り響き、落ちることがあります。沿道で見ている観光客の足元に転がってくるのですが、それを拾うと幸せになれるという言い伝えが青森ねぶたにはあります。

この日も素泊まり温泉宿。11人で20畳の一部屋に寝ることってない。ホントに良い思い出。

滞在3日目は、岩木山の麓にある、あそべの森のコテージにみんなでお泊まり。一番番大きなコテージを借りてBBQ。夜は花火もして満喫。このときには家を買うことは確定していて、住宅ローンも通って、後は契約のみの段階。

青森に移住して6年半。父と母に、家を買うことを伝えた。内心はもう兵庫県に帰ってこないと思っていただろうけど、家を買うこと＝永住。切り出すのに勇気が入った。BBQをしながら報告。「そうか、よかったやん！」姉たちは喜んでくれた。両親は内心寂しかっただろう。家を購入できても、まだまだ生活に余裕がない我が家。今回の3泊4日、ほぼ両親と姉がお金を払ってくれた。本当に申し訳ないけど、末っ子として有り難く甘えて、いつかは恩返しするぞと心に誓った。

翌日、空港に送ったとき、父と母は泣いていた。移住して21年、いまだに空港で別れるときは目がウルウルする父と母。離れているから、すぐに会いに行けない。父と母が手術したときも駆け付けることができず、とてもやるせない気持ちになった。でもそんなときも姉たちは「お父さんとお母さんのことは姉ちゃんに任せて！」と安心させてくれる。本当に姉たちには感謝でいっぱいである。

78歳の父、76歳の母、畑と田んぼ、老人会、婦人会、ボランティアと毎日元気に楽しく暮らしている。ボランティアでお弁当を作り、1人暮らしのお家に配達する両親、自治会の困った人を自分ごとのように助ける父、車のないご近所のおばちゃんを病院まで乗せていく母。

月一回、両親が作った美味しいお米がクロネコで送られてくる。離れているからこそ、親の有難みも身にしみて分かった。親になって子を育てる事の大変さが分かった、喜びもいっぱい。2人の子どもで本当によかった。最高のコミュニケーションは与えること。沢山の人たちに与え続けている両親を尊敬している。大好きな父と母、もっともっと長生きして欲しい。

ちなみに、私のスマホの待ち受け画面は父と母である。

3度目の引っ越し

引っ越した家は、玄関ドアに、2個も鍵がついていていてセキュリティはバッチリ。これだけで大興奮の我が家。

窓は2重ガラス、あったか〜い。家の中の気温はマイナスにならない、苔も生えてこない。普通は生えてこないけど…しかもお風呂は追い焚きで最新。洗面台がある、シャワーもついている、朝シャンし放題。これで朝、歯磨きをゆっくり、で、き、る。

脱衣場もある〜壁はクロス貼り〜。床が歪んでな〜い、天国。

こんな素敵な家に住める日が来るなんて夢のよう。引っ越しは9月、ソウが小学1年生、ケンタが年中さん。4ヶ月間だけ通った小学校。ギリギリ運動会も参加できて、よかった。

引っ越しは、保育園の仲良しパパ友が会社からトラックを借りてくれ、後はタウンページで探した便利屋さんにお願いして、タンス、冷蔵庫などの重いものの移動はお願いし、超節約の引っ越し。2万円くらいでできた。

狭い社宅からの引っ越し、そんなに物も多くなかったので、朝一で荷物を運んで、午後は引っ越しを手伝ってくれた友達家族と、新居でBBQ。売主のおじさんがカーテンもジュウタンも全部譲ってくださった。ジュウタンなんて汚れひとつなかった。

さぁ、新天地でのスタートです。けっこう田舎の結びつきが強い地域、隣近所との付き合いが鍵となる。馴染めるかな、不安と期待。

のどかな一戸建て生活

2007年9月15日に引越し、土曜日だったので日曜に片付けをし、さぁ子どもたちは初登校、初登園です。事前に挨拶を済ませ、担任の先生も優しそうで安心、それでもドキドキです。ソウが通う小学校はランリュックという、ランドセルとリュックが一緒になった鞄をみんな背負っていた。必然的にランドセルの子は、転校生の証。

田舎だったため、集団登校。家の近くの集合場所に朝7時15分に集まって、一列になって歩いて行きます。学校まで1キロ、近くて安心。ケンタはソウの通う小学校のすぐ隣にある保育園、これも嬉しい立地。ケンタも少し不安な顔をしていましたが、慣れるしかない。頑張ってくれ～。

私は同じクリーニング屋さんのパートに引き続き出勤、社宅からは20分の通勤だったけれど、新居からは10分というラッキーな立地。15時に仕事が終わり、急いでケンタが待つ保育園へ。「かぁか～ん！」と走って玄関まで来ました。初めての保育園、よく頑張った。えらいぞ、ケンタ。

先生から1日の様子を聞いて、お昼寝もちゃんとでき、同じクラスの子どもたちを遊んでいたそう。良かった。園庭で遊びたいというので、2人で遊んでいたら、「もしかして、引越しきた人？　家近くだよ～」と話しかけてくれたママ。上がソウと同じ年、下はケンタと同じ年で、なんと同じ地区に住む方でした。早速、仲良くなれて有難い。家に帰って晩御飯の支度をしていると、「ただいま〜〜」と元気なソウの声。なんと、早速友だちを連れて来た。しかも女子。なんでも隣の隣の隣のお家の女の子。2人で宿題してオヤツを食べて遊んでいました。1日のできごとをいっぱい話してくれ、とても楽しかったよう。あんなに、転校したくないって言っていたけど、子どもは慣れるのが早い、少し安心。

天国

夢のマイホーム、いや〜こんなに快適だとは思わなかった。

そりゃ、築60年、南京錠の玄関、超超低機密住宅、隙間だらけ、綿壁でカビだらけの家からすればどこも天国。それにしても、こんなにも「新しい家は空気が澄んでいるの?」っていうくらい清々しい。

社宅の頃は夜中に「息ができない…」と、喘息の発作でゼェゼェいっていたソウも、全く発作が出なくなった。こんなに住む家で違うんだ、とビックリ。おかげで医療費も掛からなくなった。

17畳のリビング、４畳の台所、６畳と14畳と10畳の洋間、４畳の納戸＋２台のガレージ、14畳のサンルーム兼物置。３Ｋ、脱衣場なしの社宅からは信じられない広さ。玄関も４畳くらいある。玄関で寝れるんじゃな〜いってくらいに広い。狭い社宅から引っ越したもんだから、17畳のリビングでも実際に使っている場所は半分。４人固まったりして、広すぎてどう使えばいいのか、最初はわからなかった。

家が居心地良いと、全然出かけなくても大満足。週末はガレージでＢＢＱしながら、バドミントンやフリスビーしたりして、なんでもない日常が幸せ。三角屋根の家の２階は山小屋風で、天窓なんかあったりして、星を見ながら４人で川の字で寝たり。

引っ越したのは9月、初めての冬、断熱材が入っている家はこんなにも暖かいのかとビックリ。子どもたちも小学校、保育園にも慣れて平和そのもの。

信平さんが、あの人生の決断をする日までは。

東京に単身赴任

マイホームを購入して半年くらい経った頃、信平さんに、東京営業所へ単身赴任の話が持ち上がった。この話が出るまでにはいろいろ、ありました。詳細は割愛します。言いたい、でもここでは言えない。

そしてソウが2年生、ケンタが年長さんになる年の5月、東京に単身赴任に行っちゃった…せっかく夢のマイホームを購入したのに、わずか8ヶ月住んだだけで単身赴任でいなくなった信平さん。決まったのは4月。いろいろ準備したりして、5月の上旬に出発することに。忘れもしない、ソウの小学校運動会の翌日に出発だった。

青森に住みたくて6年前に移住してきたのに、当の本人が東京に住むことになるなんて。出発の朝、家族で見送りました。

なかなか言うことを聞かない年長のケンタ、とってものんびり屋さんのソウと私の3人暮らしがスタートしたのです。これで本当に頼る人がいなくなっちゃった。やんちゃ盛りで言うことを聞かない子どもたち。誰にも頼ることができない。私の

〝ヒステリックおかん〟のはじまりはじまりです…
長男次男、2人ともあまりにわがままを言うので「お母さん、家出するからなーっ」と家を飛び出し、ガレージに5分くらい隠れていたこともあったっけ。今、思えば育児放棄だ、笑
可哀想なことをしましたが、親も子育てが初めてです。答えが分からず迷ったり落ち込んだり、ましてやジジババも親戚もいない中で、それはそれは心細かったのです…

運動会の応援は飛行機で

東京に行っちゃった信平さん、時々ヒステリックおかんに変貌する私。

そんな中でも、週2回のソウが通い出した空手教室で仲良くなったママたちと練習中たわいもない話や子育ての悩みを聞いてもらって、とても楽しかった。ケンタも年長さんから空手を始め、大会にも出るようになった。確か「お父さんがいない

から、強くなってお母さんを守るんだ！」な〜んて2人で言っていたような〜、泣いちゃう。

信平さんは、月一回、金曜の夜に東京を立ち、土曜の朝に青森着の夜行バスで帰って来てくれた。そして、日曜の夜の10時出発の夜行バスで東京に帰っていく。大学時代、1人暮らしをしていた信平さんはひと通りできる。最初はワイシャツもクリーニング屋さんに出していたけど、なんでも試してみたい人。アイロンとアイロン台を買い、後半は節約のために、自分でアイロンがけ。シワにならないように上手くかける方法も調べてたっけ。帰れないときは、子ども達とテレビ電話。でも子どもってパソコンの前でジッとしていないし、ふざけて何喋っているかわからなかったり。単身赴任のお父さんとして寂しかっただろうに。

そして10月、年長さんのケンタの保育園最後の運動会。田舎だったため、他のお家は旦那さんはもちろん、おじいちゃんおばあちゃんも参加で賑やか。信平さんは帰れそうにない、これはかなり寂しい運動会なのではないか…

実家の母が「ほな、あんた1人やと寂しいやろうから、おばあちゃん運動会に行くわ！」とたったひとりで飛行機に乗ってやってきた。運動会のために数万円の飛行機代をかけて。なんてフットワークの軽いオババなのだろう。とっても明るい私の母。せっかくやから〜と運動会のジジババの障害物競走にも張り切って出て、いっぱいのトイレットペーパーを景品でもらってきた。我が家で一番運動会を楽しんだのは母だったのかもしれない。

どこでも楽しめる社交的な性格は母ゆずり。確か、結婚するときに信平さんが、「僕は地元でずっといないかもしれない、どこかに移り住むときにきっとお前の性格だと、みんなとすぐ仲良くなると思う」と言ったのを覚えている。

はい、すぐ仲良くなれています！　すっかり青森に染まったけど、21年経った今もまだまだバリバリ関西弁。

新型インフルエンザがやってきた

運動会にやってきた母は2泊3日、青森を満喫し兵庫県に帰っていった。これで母が青森に遊びに来たのは4回目。7年間で4回とはなかなかの頻度である。

一生の別れのように大泣きしたのに、「じゅんらが青森に住んだおかげで、青森に来るきっかけができてよかった〜」と、随分な変わりようである。青森に住みたいって言ったとき、唯一、反対し「信平、1人で行きな。じゅんとソウは置いていけ」と言ったのに。でも、切り替えが早いのも、母の良いところである。

季節は秋になり、冬になり、あのウィルスがやってきた。新型インフルエンザである。毎年毎年インフルエンザのワクチンを打っても感染する我が子たち。ソウにいたっては、冬にA型に感染GWにB型に感染するという年もあり、病気は何でも引き寄せちゃう。そして今回も例外なく、新型インフルエンザにかかったのは、やっぱりソウであった…

もう、もう、もぉーっ、お父さんがいないのにどうしよう…もうこの頃は、病児保育を使わず、割り切って子どもが病気のときは休んでいた私。マスクは2重、ゴム手袋をはめて、ソウが使ったものは処理。不幸中の幸いだったのは、軽症だったこと。まだひとりで部屋で寝れなかったので、ケンタと私は同じ部屋、ソウは隣の部屋の端っこに寝かせて、戸を開けて顔が見えるようにして寝た。

その甲斐あってか、私とケンタには感染せず、ことなきを得た。いまやコロナ禍で新型インフルエンザなんてたいしたことなかったけれど。いやはや、次から次へとドキドキさせる男である。そんなソウの悩みは、オネショをまだ毎日しちゃうこと。小学1年生の冬、7歳で毎日オネショ。オネショについて必死で調べた、効くことはなんでもやった。毎日、敷きパットを洗い、布団を乾燥機で乾かした。

おねしょは大器晩成の証拠

小学1年生になった長男ソウ、オネショがまったく治りません…

毎日毎日、布団に大きな地図を描いていました。洗濯も毎日、布団乾燥機も毎日。おねしょの原因についていろいろ調べ、オネショが治るということはなんでもやった。内股が原因だと聞けば、スニーカーに敷くインソールを買ったり、オネショに効くツボがあれば、毎日寝る前にツボマッサージをしたり。お腹、背中、腰を温めたら治ると聞けば温めたタオルを当てて寝てみたり。なんでもやった。今思えば、私の必死のあれこれがストレスだったのかもしれない…

本当に毎日、オネショするので洗濯が間に合わず、割り切ってオムツを履かせた。でも小学1年生に合うオムツもなく、パッツンパッツン。ギリギリ履いてはいたけど、量も多く溢れちゃう…なんで治らないんだろ。信平さんに聞いたら、

「あっ、僕も小学生でもオネショしていたから遺伝じゃない？

僕なんて、6年生の修学旅行でオネショせーへんか心配してから！　笑」

マジで…いろいろやってもまったく治らず、調べてみたらある説？　に行き着いた。それによると、なんでもオネショは脳の発達のスピードに原因があるしく発達がゆっくりな子ほどオネショをする。でも、急激に他の子を追い越す、そして大器晩成型だと。だからかっ！

ソウは3歳になっても、なかなか喋れず単語程度だった。かの有名な坂本龍馬も大きくなるまでオネショをしていたらしい。その頃、坂本竜馬好きだったソウは、それを聞いただけで嬉しそうだった。結局、オネショが治らず半年がすぎ2年生に進級する頃。習っていた空手を行きたがらなくなり、でも、せっかくここまでできるようになったからもったいない、黒帯まで頑張れ、と騙し騙しに連れて行っていた。そんなある日に「もしかして、空手辞めたい？　辞めたいなら辞めていい

よ」と提案したら、即、「辞めたい…」

なんて言うことでしょう、翌日から、オネショが治ったのです。

嘘か誠か、これホント！　えぇ〜〜空手のストレスでオネショしていたの？？？？？嘘だ、あんなに楽しく通っていたじゃん。真相はわからないけれど、治ったのでヨシとしよう。

小さい頃、本当に内気ですぐシュンとしていたソウ。学校でイジメられたらと心配し、習い始めた空手。いろいろな経験を経て今では、社交的でとっても立派に育ちました。

長男の嫁

実は、信平さんは3人兄弟の長男。２つ下の弟、４つ下の妹がいるお兄ちゃん。と言うことは、はい、私は長男の嫁なのです。お節はすべて手作り、年末の30日は臼でお餅をつきます。これらは、暗黙のルール、30日には基本的に帰省していないといけません。ペッタンぺったん、4臼くらい。ついたお餅は格別に美味しい。よもぎ餅もつくります。少しへっぴり腰ですが、小学3年生になったソウも餅つきデビュー。

30日の朝スタートの餅つきが終われば、さぁ、お節の準備です。昆布巻き、蒲鉾、伊達巻以外はすべて、お義母さんの手作り。お重にちゃんと入れて、元旦に、御神酒と一緒にいただきます。長男の嫁は分からないながらもお手伝い。なんせ、出会って3ヶ月で入籍し、4ヶ月後には結婚式をした私たち。さらにさらに、結婚して1年2ヶ月後には青森県に移住していたのです。お節作りも1回だけの体験です。右も左も分からないのです…。私の実家は仏壇もない分家だったので、筑前煮やきんぴらごぼう、ぶりなどなど簡単なものだけ手作りするお節だったので、こんなにちゃんと作るんだーとビックリした。

長男の嫁、いろいろお義母さんから、聞きながらやっていましたが1年に1回しか帰省しない。台所事情もなかなか、把握できない。それでも、「お義母さんより朝早く起きて朝ごはんを〜」と思っても勝手が分からず、料理が大、大、大得意なお義母さんのお手伝いをするだけ。そして寝心地の良い布団で寝かせてもらっているので、嫁はぐっすり寝ちゃうのです。携帯で目覚ましをかけても寝過ごし、結局、お義母さんより遅く起きたりして、あぁ、やってしまった…の毎日。笑
前半は信平さんの実家で空回りしながら3日間を過ごし、後半は私の実家へ。3人姉妹の末っ子の私、実家では母、姉に甘えます。笑
姉たち家族も集合し、両親、姉家族×2、我が家、そして叔父叔母も合流し賑やかなお正月。
青森から帰省はちょうど飛行機代も高い時期で、家族4人で20万円以上。移住して最初の頃は子どもたちも小さくて、膝に乗せていたため、大人2人分。お金に余裕がなかったので、いつも両親が飛行機代をカンパしてくれていた。もう有難い以上のなにものでもない。そして子どもたちの飛行機代がかかるようになった頃、信平さんがある提案をしてきた。
JALクレジットカードでできるだけ支払い、マイルを最大限に貯める案。ポイント2倍、3倍を狙うため年会費を多めに払えば、更に貯まるんだとプレゼンしてきた。最初は、えぇ～年会費?!　と、半信半疑だった私。いまや、教育費、住宅ローン、水道などカードの使えないもの以外は、少額でもクレジットカードを使用

してマイルを貯めに貯めた1年。なんと〜、家族4人分の帰省の飛行機チケットに交換できるくらいのマイルが貯まった。すごっ！

今となっては、自分が考えたみたいに、知り合いにJALマイルを貯めることを推奨している始末。

第六章

本当のジェットコースター人生

安定なき生活へ

一難去ってまた一難。いや、今思えばターニングポイントで、大切な人生の節目だった。単身赴任で東京に住んでいた信平さんが青森に帰ってきた。８ヶ月の東京。いろいろ、大変だったことでしょう。お疲れ様でした。

本社から戻ってこい辞令、理由も聞かされず東京を後にし、青森に帰還。翌日、出勤。そして、この日退職してきた。今でも納得いかない退社劇。失業保険もまったくもらえなかった。

信平さんからくカクカクシカジカ、一部始終を説明された。

えっ？　えっ？　えぇ〜〜〜〜!!!!

そして言った、

「僕、独立するわ」

えっ？　えっ？　えぇ〜〜〜〜!!!!

思い立ったのは、節分　２月３日。新年のはじまりを意味する日。これも何か意味があったのでしょうか。そして準備を進め、エイプリルフールの４月１日に、税務署に開業届を出したとさ。考えに考えた屋号、「0172」は津軽地方の市外局番。大学でグラフィックデザインを学んだ信平さんは、印刷会社でデザイナーの仕事をしていた。青森が大好きだから、デザインの力で津軽を、青森を発展させたいという思いを込めて。

税務署の人が一言「時間なかったんですか?」て。時間なくて適当につけた屋号だと思われたのかな、ひどい。

そして、いろいろ、巻き起こる自営業のはじまりはじまり。

平々凡々な日々が、我が家にはないのか。

自営業のはじまりはじまり

自宅の6畳の一室で、デザイン事務所を開業した信平さん。

我が家の自営業のスタートと相成りました。申請は複式簿記の青色申告。それの方がメリットが多く、節税につながるからと、

「申し訳ないけど、簿記の勉強して帳簿してくれるか？　ＮＨＫの簿記講習に通って！」と私にお願いしてきた。

兵庫県時代、営業事務を8年間していたから事務はなんとなくわかる。が、が、簿記？　複式簿記？　貸借対照表、損益計算書?チンプンカンプン……と言うことで、昼間は5～6時間のパートをし、家事をもろもろし、晩ご飯をみんなで食べてから、また夜は簿記の講座に週3回、勉強に行った。帰宅は夜の22時。簿記講習がない日は、信平さんのデザインの校正を夜に手伝ったりして、なかなかハードな日々。講習で仲良くなった人もいて、楽しかったけれど簿記自体は本当に内容が入ってこず、３ヶ月通った結果、あまり理解できなかった…。

それでも、青色申告者の特権として、やる気のある人には税務署から1年間、無料で税理士さんが付いてくださるサービスがあり、無料?これはチャンスとばかり、お願いした。わからないことだらけでも、ていねいに教えていただいたおかげで、なんとか続けられた。実務経験とは恐るべし。あんなにわからなかった簿記もなんとか帳簿をつけ続けることで、不思議とわかってきた。昼間はパートをしながら、夜は信平さんを手伝いながらの日々が、３ヶ月続いた。

そして私は体調を崩し、ダウンした。

退職

クリーニング工場のパートをしていた、私。

工場の中は蒸気などで、高温多湿。冬は暖房なしで半袖でも汗をかくくらいに温度が上がる、夏は蒸し風呂状態である。恐らく40℃くらいはあるのではないのだろうか、さらに休みなく動くので、体感的にもっと暑い。朝に可愛く（笑）お化粧をしても、退勤時はほぼノーメイク。そんな過酷な労働状況で、夜は簿記の講習、デザインの手伝いとなれば、そりゃダウンするはずだ。

ましてや、ちびっこギャングな息子たちの相手もして。このとき、小学3年生と1年生、うるさい盛りである。熱中症と過労で、3日間休ませてもらい考えた挙句、6年間勤めたパートを辞めることにした。仕事自体はとても楽しくて好きだったけど、体力の限界…2年前にも熱中症でダウンしたから、もう潮時だったのかもしれない。長男ソウが何度も何度も入院し、その度にお休みをいただいた。とても良くしていただいた勤め先。身体が限界であれば仕方がない。例え、数万円でも安定して収入がなくなることはとてもしんどかった。

ちょうどこの年から、子どもたちだけで夏休みに実家の兵庫県に帰省させた。もちろん、飛行機代はジジババが出してくれた。大体、1ヶ月近くの帰省。空港のゲートを通ればキッズサポートという便利なサービスがあり、空港内、そして到着後までJALの方がついてくださる。到着すれば、おじいちゃんたちが身分証明証を提示して、孫たちと合流するシステム。信平さんの実家と私の実家は車で30分くらいだったので、まず、井上家のご両親に空港まで迎えに来てもらう。後半は私の実家。両家のジジババで孫たちの受け渡ししてもらっていた。帰りはうちの実家の両親が空港まで送ってくれた。

子供たちは存分にジジババに甘え、存分に遊び、真っ黒になって帰ってきた。

夏休み、ほとんど子供達がいなかったため、ダウンした私も負担がへり、体調も回復、元気になった頃に家族4人の生活がスタート。実家から、離れているから寂しいところもあるけれど、帰省の度に飛行機に乗る。寝台列車で帰省したこともあったし、千二百キロを車で帰ることもあった。移住して得られるものもたくさんあった。

青森に移り住み7年目、とうとう我が家は安定した収入を失った。

玄関開けたら

信平さんが独立し、安定なき生活をスタートした我が家。

もう12年前かぁ、どうやって生活していたのだろうか。ちゃんと覚えてないけど、節約しながら贅沢はできないながらも、なんとかなったのかな。長男ソウは小学3年生、次男ケンタは1年生。保育園の送り迎えもなくなったし、収入は安定しないけれど、子どもたちが病気になっても誰に気を使うことなく看病できる。働く母にとって、これ以上にない安心感。

不思議なことに、その点では心に余裕ができたので、子どもたちも熱を出すこともなくなった。それまではインフルエンザの予防接種を受けていても毎年感染していたけれど、この年から感染しなくなった。

マイホームを購入して、2年目の夏。市民プールに泳ぎに行ったり、週末はキャンプに行ったり、家のガレージでBBQしたり。市民プールは大きな流れるプール、25メートルのウォータースライダーもあって、100円で入場できる、それはそれは、子どもたちにとっては大興奮のプール。お金がないならないで、楽しみ方はあるのである。

ご近所さんとも段々親しくなり、田舎だったので、たくさん野菜のお裾分けをいただき、本当に有難い。朝、子どもたちを見送るときに玄関を開けると、3軒隣のよくしてくださっていた75歳のおばちゃんが、朝採れ野菜を置いてくださっていた。きゅうりは30本とか、ピーマンは何人分の青椒肉絲ができんねん！ってくらいの量。田舎のお裾分けあるあるである。

「おばちゃん、いつもありがとう。とても助かります、でも私、何にもお返しするものない〜」とお礼を言いに行くと、

「そった、おめんどにお返しもらおうなんて思ってね〜よ、いっぱい採れだはんで食べでもらわねば困るじゃ」と。

親戚のように本当に可愛がってもらって、このおばちゃんがいなければ、馴染めてなかったかもしれない。田舎ならではの付き合い方を教えてもらったり、ご近所さんを順番に紹介してくださったり。今年でおばちゃんも90歳、まだまだ現役でりんご畑の仕事をしている。

おとついも会ったら「まだ、太ったんだが？（笑）仕事も忙しくしてらんだな。子どもたちも元気だが？」と毎回、太ったと言うおばちゃん。確かに当たってるけど…笑

そういえば、引っ越しして4年目？、だいぶ慣れた頃に子ども会の会長もした。生粋の地元の父兄もいたけれどどういう成り行きでやることになったのか定かではない。田舎なのでけっこう行事があり、夏祭りやクリスマス会や、他にもいろいろ。市の補助金を申請して行事もしたっけ。歴代の会長さんやママ友にいろいろ協力してもらって、なんとか任期満了、これもとても良い経験だった。

生き物までクロネコヤマトで届く

私の実家は、兼業農家。

家の裏には畑、少し離れた山にも畑を持っている。お米も大量に作っていて、実家の両親ぶん、上の姉家族、下の姉家族、そして青森の我が家、母の妹の家族などなど、20名以上が1年間食べるお米を、両親2人が作っている。今年で78歳、76歳というなかなかの年齢だけどクタクタになりながら、苗作り、田植え、草刈り、稲刈りまで猛暑のなか毎年毎年。頭が上がらない。絶対、私より体力があり、元気である。

そして、月に一度クロネコヤマトで自家製野菜と一緒に美味しいコシヒカリを送ってくれる。本当に有難い。私が小学生の頃は、田植え、稲刈りも手伝って、稲刈りのあとは籾殻でよく焼き芋をしたものである。わらでベットを作って、遊んだりもした。ハイジ状態。

毎月1度の荷物には、本当にいろいろなものが送られてくる。母の手作りの焼肉のタレや山椒の佃煮、いかなごの佃煮など、料理好きな母の手作りものから、手作り番茶まで届く。スイカが好きなソウのために、道の駅で買ってわざわざ送料をかけて送ってくる。姉が「スイカくらい青森にだってあるやん、買った方が早いで～」と言っても、母は「ええんじゃ、送ってやりたいんじゃ～」と、不安定生活の身としては、本当に有難い。

そしてこの年の夏に、こんなものまで～とびっくりするようなものが届いた。それは……カブトムシとクワガタ。ひっくりかえることなく、ちゃんと元気なまで届いた。すごい…カブトムシとクワガタって飛行機、大丈夫なの？　気圧は大丈夫なの？　子どもたちは大喜び。

楽しいマイホーム生活の日々、近くの公園でキャッチボールをしたり、川で遊んだり、ザリガニ釣りをしたり、田舎ならではのお金のかからない遊びをいっぱいした。極めつけは、キャンプ。

青森県は、家族４人で、ワンコインでテントを張って楽しめる！無料のキャンプ場だってある。一番近いキャンプ場なら車で30分。温泉も近くにある。

土曜日に仕事が終わったら、急いで荷物を積んで出発。１時間後にはテントを貼り終わりＢＢＱスタート。都会では味わえないものが、青森にはある。キャンプをはじめて、改めて青森に住んで良かったと思えた、移住9年目の夏。

この年、キャンプ道具一式を頑丈なものに買い替えた。それは、岩手山の麓のキャンプ場で、死ぬ思いをしたからだ。忘れもしないGWのあの日。

夜中にテントがひっくり返り、一睡もできなかったあの日…

キャンプで大惨事

キャンプにどハマりしていた我が家。シーズン真っ最中は、2週間に1度は行っていたかも。

いつも近場のキャンプ場に行っていたのが、このときは、「よ〜し県外に行ってみよう！」と言うことで、岩手山の麓のキャンプ場にGWに出かけた。5月、まだ肌寒さもあってそんなにキャンパーも多くなく、のんびりスタート。キャンプ道具は大型スポーツ店で、テント、寝袋、インナーシート、椅子のお得なセットを3万円で買ったもの。プラス、かんたんなタープでかれこれ10回くらいキャンプをした頃、この岩手山キャンプ場にやってきた。お昼過ぎにテントを設営完了、ＢＢＱスタート。燻製もしちゃったりして。

夕方になり、夜ご飯は鍋。ピザも焼いたりして。少し風が出てきたのでテントに入り、みんなでトランプ。段々、風が強くなってきたものの今までこれでやってきたから、そう心配せずに就寝。夜中、さらに風が強くなり、ゴォ〜ゴォ〜。バサバサーっと大きな音。何？　何？　何が起きた？　眠い目を擦りながら、外に出たらタープがひっくり返り、調理器具や食材が散乱…

えぇ？　えぇ？　エェーっ！！！！

それから必死。まずはタープに置いていたものを、テント側に片付け、テントもこのままでは飛んでしまう?!　風の強い中、信平さんはペグを追加で打った。こんなんで安心して寝られるわけがない。風のゴォゴォ〜を聞きながら、無事朝が来ますようにと祈りながら、時間を過ごした。なんとか朝を迎え、無事自宅に着いた。もう安いテントは懲り懲り。

大雨でも雪でもへっちゃらなテントを信平さんがネットで見つけた。が、そんなのはお高い。節約が大好きな私は検索しまくり、とてもナイスな購入方法を見つけた。

それは、ゼビオスポーツの優待券をネットで2千5百円で購入。この優待券を使うと、20％オフで買えるのだ。7万円のテント、1万円の椅子などなど総額10万円くらいをまとめ買い、ほかにもキャンペーンをしていたため、10万円の商品を6万円で購入できた、ラッキー。

我ながら、本当にナイスな買い方をした。

待ってた！　待ってた！　運動会！

次男ケンタ、初めての小学校の運動会。青森に引っ越してびっくりポイント1、運動会が関西と違いすぎた。関西の運動会は、組み立て体操、ダンス、学年の出し物、鼓笛隊などなど華やかな縁起物が多く、練習も2ヶ月前くらいからはじめていた。

青森は、体育祭的な感じだった。走って、走って、走って…終わり。長距離走には驚いた。
のんびり屋さんのソウは、かけっこ、長距離走は後ろから数えた方が早く、足が早かったケンタはリレーの選手、50メートル走も一番。これは運動が得意な子はいいけど、のんびり屋さんは、登場回数が少ないではないか…

この頃、お兄ちゃんと一緒に空手を辞めたケンタは、地元で有名な本気サッカーチームに通い始めた。運動神経の良かったケンタ。直ぐに上手くなるけど飽きちゃう…それでもサッカーは2年続いた。遠征に行ったり、週3の練習はハードで送り迎えもけっこう大変だった。倒立を片手できる、体幹もよく、バランスボールにも30分でも1時間でも乗っていた。

お兄ちゃんは、LEGOが大好き。ずーとLEGO。寝ても覚めてもLEGO。手先がとても器用だった。LEGOって組み立てて、バラすときに小さいものはなかなか外れない。歯で噛んで外していたら、ある日、

「おかあさんLEGO食べちゃった…」

「どれくらい??」

「1センチくらい」

えぇーっ！胃や腸にぶつかったからどうするの？

翌日、小児科に行ってレントゲンを撮ってもらったらどこにもなく、〇ンチと出ちゃったのかな～と先生が。普通飲み込む？？

お父さんの影響で、ソウはねぶた、ねぶたが好き。ちなみに、市によって呼び名が違う、例えば、青森市は「ねぶた」、弘前市は「ねぷた」。毎年ねぷたの雑誌を購入、予習してからねぷた祭りに行く。「これは〇〇さんの絵だよ」と教えてくれる。将来はLEGOの会社に入るとこの頃、よく言ってたっけ。射的をしたり、釣りしたり、LEGO社に入りたかった1号 はすっかりロードバイクにハマり、すっかり大きくなりました。

東北大震災

２０１０年４月１日、信平さんがデザイン事務所を開業し、８ヶ月経ったころに、デザイナーさんがひとり加わり、自宅の６畳一間から、２階の14畳に引っ越し、3人で仕事をするようになった。

そして、2011年3月11日午後2時46分東北大震災が起きた。2階だったため、とても揺れた。震度5弱だったろうか。机の下に入り落ち着くのを待った。数分後に停電。何もできず、家族の安否も心配なため、この日は仕事終了。そうこうしていると、子どもたちも集団下校で帰ってきた。停電が続きテレビも見ることもできず、携帯も通じない。どういう状況か分からない状態で3時間？　実家から心配した父からの「やっと繋がった、無事か？」の電話。停電はしているものの、何も影響はないことを伝えた。

いつまで続くか分からない停電。車でスーパーに買い物に行こうとしたら、信号機もついてない、停電しているから当たり前か。スーパーのレジも停電で使えない。ろうそくと乾電池を買うのに、1時間待った。もちろんストーブも何も使えない。ジャンバーを着て、羽毛布団を足にかけてラジオを聴きながら過ごした。晩ご飯はカセットコンロでお湯を温め、カップラーメン。翌日も停電だったため、学校は休み、仕事も休み。地震2日目、夕方にやっと電気回復。地震の8日後、3月20日に主人の弟の結婚式が大阪で控えていた。被災地ではまだまだ大変なとき、青森の八戸でも被害があったため帰るかどうか悩んだけれど、結婚式に参列することに決めた。確か、新幹線か寝台電車で帰る予定だったような。安全のため、飛行機に変えた。身内だけでの結婚式と顔合わせ。とても良い結婚式。

地震後、仕事の受注がどんどん減りはじめ、3ヶ月後の6月、事務所は立ち行かなくなった。

自分探しの旅と貯金残高6万円

地震3日後から、通常の仕事スタート。

日常生活はがらりと変わり、スーパーには食料品が供給されなくなり、食品棚はスッカラカン。豆腐、牛乳などなどは1家族1個までの制限付き。一番影響があったのは、ガソリン。給油に行っても、2時間並んでやっと、10リットルしかいれてもらえない。一緒に仕事していたデザイナーさん、お昼休憩に出かけるのにガソリン代がもったいないから、この日から我が家のリビングで、信平さんと私と3人で、じゅんこ食堂の開店。一緒にお昼ご飯を食べることにした。

どれくらいこの生活が続いただろう。

世間は自粛ムード、広告を打つ会社さんもドンドン減り、営業もできず、仕事の受注も減り続け、口座の残高は減る一方。来月には残高6万円、ついに資金ショート寸前となった。買い物、仕入れは全てクレジットカード払い、500円でも。すでに決済済みのカード払いも、10回払いにできるものはすべて変更し、月々の出費も減らした。10回払いにしたら、手数料を余計に払わなくてはいけないけれど、いまを乗り切らなければならなかった。信平さんは、なんとか仕事に繋げなければと動いた。スタッフのお給料も払えず、信平さんのご両親にお金を借り、子どもたちのお年玉貯金も使い、それでもにっちもさっちも行かず、私はすぐに現金でお給料がもらえる、トマト農家にバイトに出ることにした。自宅から車で5分の農家さん、面接で話していたらお嫁さんはケンタが通っていた保育園の先生だった。

近所で田舎、私はちっちゃいプライドを捨てきれず「小さい事務所なので、仕事もそんなに多くない。いろいろな経験をしてみたくて今回応募しました」と言った。事務所が潰れそうでお金がなくて生活費を稼ぎにきた、なんて口が裂けても言えなかった…小さなプライド。

朝の8時から17時まで、畑で働き、戻って家事をして、夜はデザイン事務所の経理をした。２年前、暑くて熱中症になり体調を崩したのに、また40度のトマトのビニールハウスでバイト。でも、そんなことは言ってはいられない。７月、８月、９月、と時は過ぎ、バイトは11月までお世話になり、事務所もなんとか盛り返し始めた。

トマト農家さんでのバイトは、それはそれは………楽しかった!!!!

農家のお父さん、お母さん、息子さんと私。ちょうどお父さんは私の実家の父と同じ歳。お父さん、お母さんは「じゅん子が来てくれて、本当に畑が明るくなった、楽しい、ありがとう」と、最初から名前も呼び捨て、自分の娘のように可愛がってもらい、必要とされ、生きてるって感じ。

実は、地震が起こる少し前、私は精神的に不安定だった。信平さんの仕事を手伝うまでは、クリーニング屋さんのパートをしていた私。仕事も楽しく、気の合う同僚とお昼休みは取り止めのない話。大きな幸せはなくても平凡な毎日。それが信平の仕事を手伝うことになった当時、自宅兼事務所から一歩も出ることがなく、仕事へのやる気も見出せず、子どもたちの反抗期もはじまり気持ちが落ちることがよくあった。「自分ってなんだろう、価値ってあるのだろうか」。段々と笑顔がなくなり、顔色も悪く、仕事は午前中でおしまい。午後は家で何もしない。「自分探しの旅をしたい」と、暗闇をさまよっていた。

毎日毎日、モヤモヤしていた頃に地震。そんなこと言っていられなくなったのだ。地震がなければ、資金ショートがなければ、私はあのままどうなっていたのだろうか…

トマト農家さんでのバイト

トマト農家のバイトは4ヶ月間。

朝8時に仕事スタート。10時に休憩、お父さんがノリにのって喋り出したら止まらない。休憩が1時間なんてこともあった。暑い日にはお父さんが、スイカやアイスを片手に戻ってくる。

「暑いはんで休憩しろ〜〜〜！」

就労規則もあったもんじゃない、フリーダム。当時お父さんは67歳、バリバリ現役。

そして胃がんを患い全摘手術を受けているのに、びっくりするくらいなんでも食べる。そしてお酒も飲む。笑う、一番になって働く。本当にすごい。お父さんお母さんにはよくしてもらい、本当の娘のように可愛がってもらった。津軽のお父さんとお母さんができた。

「旦那さんと喧嘩したら、いつでも家に泊まりに来いよ」と。

バイト期間、息子さんの名刺やロゴマークをデザインさせてもらったり、トマトジャムの商品化に向けて一緒に動いたり。それはそれは、楽しくて生きている事を実感した。

そして気づいた。

私は人が好きなんだ、人と関わることが好きなんだ、話をすることが好きなんだと。トマトのバイトが終わり、りんごもぎも手伝い11月でバイト終了。それからお父さんが毎年毎年、「じゅん子、元気にしてるか〜トマト持ってきたぞ〜」といつも軽トラで遊びにきてくれた。でも、かれこれ2、3年は会ってない。元気にしているかな、お父さん。

バイト前、いや地震の前の私はどこへやら。すっかり元気になった私。そんな私の様子を見て信平さん「この人を事務所の中でずっといてはダメだ。」と、納品、集金、打ち合わせにと外に出かける仕事をさせてくれるようになった。そんなとき、知人の保育園の先生が、

「じゅん子さん、料理が得意だからうちの園の子どもたちの食育の先生やってくれませんか」

え？　えっ？　私が先生？　無理だ無理だ、無理だーっ。

悩んだけど、お受けすることにした。それから2ヶ月に1回、1時間。3歳児から年長さんまで20人くらいに食育のお話。無認可保育所だったため、資格は要らなかったけれど、本当に先生なんてしたことがなかった私。末っ子の私が、先生になるなんて…清水の舞台が飛び降りるくらいの挑戦だった。

食育の先生

食育の先生、3歳児に1時間、かなり難しいぞ…しかもズブの素人が…さて、内容は何にしよう。

図書館にヒントはないか、行ってみた。児童書コーナーをウロウロ。食べることに付いての本を読んだり、子育て本、教育本、絵本を読んだり。まず、初回は紙芝居をしてみた。紙芝居だけなら、10分くらいで終わってしまう、プラスαで分かりやすい話も。

初日、ドキドキしながら保育園へ。玄関を開けると、「じゅん子先生、こんにちは〜〜〜〜!」とみんなが元気よく迎えてくれた。じゅん子先生だなんて、クスグッたい。

いよいよスタート。3歳児、座ってるのがやっとの年頃。4歳児、少し座っていられる。5、6歳児、だいぶ話が分かる年齢。言葉ひとつ説明するのも、噛み砕いて、わかりやすくを心掛けた。大人にしてみたら噛み砕いているつりでも、子ども達は?マークがいっぱい。1時間、必死。なんとか終了し、子どもたちと少し遊んで帰った。

ある日の食育は、うんちについて話をした。画用紙を何枚も貼り合わせ、6畳分くらいの腸の絵を描いた。口から食べたものがどんな道を通って、うんちとなるか。子どもたちと一緒に腸の絵の上を、電車ごっこのように歩いてみた。図工が得意ではなかった私、この授業の難易度は高かった。お料理教室をしたときもあった。食育の先生はかれこれ3年間、2年目は毎月だったので、なんだかんだ30回弱の食育授業をさせてもらった。3歳児だった子どもたちも卒園していき、卒園式は来賓で呼んでいただ、門出に立ち会うという、こんな貴重な体験をさせていただいたことに本当に感謝しかない。

青森に移住して10年目。少しずつ少しずつ頑張った分だけ、実り始めたのだ。

日常

移住して11年経った、ソウは小学5年生、ケンタ小学3年生のとき。

保育園のころ、喘息の発作で吸入器を手放せなかったソウも、身体もだいぶ丈夫になり発作も熱も出さなくなった。ケンタは引き続きサッカーチームでボールを追いかける毎日。そして、市民マラソン大会に初出場。3キロなんて走ったことないのに、練習もせずぶっつけ本番。なんと、上位に入賞。恐るべし運動神経である。

ケンタの習い事は長続きして、2年。サッカーにハマったと思っていたら、辞めたいときた。昔はこれがやりたいあれがやりたいがなく、せっかく運動神経も良くもったいないからと、私があれこれ習い事を探してきた。そして、サッカーの次は陸上クラブと発明クラブを勧め、始めた。習い事はいろいろさせたけど、お金のかかる習い事はしない、させてあげられなかった。陸上クラブは確か年間数千円の年会費のみ、ユニフォームもスパイクもクラブの在庫を使えるシステムで大助かり。発明クラブも市の運営だったので無料。

1度に運動系は2つ以上はやらない、やるなら1年は続けるという井上家ルール。陸上クラブは、入部して最初の大会で入賞、県大会に出場が決まった。陸上クラブも1年で飽きてしまい、また何にかないかなと探した私は器械体操を提案した。発明クラブも1年で飽きてしまい、器械体操と並行して公文。ケンタに、「色々やったけど一番楽しかった習い事は何？」と聞いたら、迷うことはなく、器械体操と公文と言った。

器械体操は、コーチにとても恵まれた。人見知りで自分からみんなの輪に入って行かないケンタに、コーチは親戚のお兄さんのように接してくださり、習い事のなかで一番心を開いたのではないだろうか。このころ公文もスタート。小学校の近くに公文教室があったけれど、知っている人がいるところではやりたくない、とわざわざ少し離れた公文教室に決めた。やりたいことがあることはいいことだ、喜んで送り迎えをした。中学1年生のときに中学3年生の数学を習い、学校の授業はすでにやったことでつまらないと言い出した。授業中に2つ上のソウの教科書を読んでいたそう。

習い事は、「あれやってみる？」「これはどう？」と提案はするけれど、決めるのは子どもたち。いろいろなものに触れる機会をつくること、いろいろな世界を見せてあげること、たくさんの大人の人と話す機会をつくること、自分の意見を言う場面を作ること、人の関わりの場を作ることは親の務め。親として、どんな場面でも物大路せず行動できる子に成長して欲しかったので、いろいろなところに家族で参加した。

スコップに直置き

マイホームを購入して、６年、移住12年。濃厚なご近所付き合いもマスターし、子供会の会長までやってしまった私。

ある年の冬の朝、こんなこともあった。

玄関を開けたら匂う。なんだ、なんだ、この匂い。

犯人はこれ〜！！！雪かきスコップにダイレクトに漬物…

えっ？　えっ？　えぇーっ!!!　直置き?!

捻締鍵

ちゃんと洗って美味しくいただきました。笑
そして、一畳くらいの家庭菜園には、朝起きたら大根が埋まってた…

冬に向けて保存食。どちらもご近所のおばちゃんから。

仕事が忙しく、家の周りの雑草が生え放題でボウボウになったときは、勝手に家の周りの雑草も抜いてくださった。

とてもお世話になっている大切な人。

サンタさんも予算があるのです…

真っ赤なおっ鼻の～トナカイさんは～～～♫
毎年、我が家は24日の夜、子どもたちが寝静まったあとに、枕元にプレゼントをそっと置くことしている。
子どもたちは、「お母さん、今年のサンタさんのプレゼントは何かなぁ～」
母「なんやろな～、楽しみにしておきな♫」

子「ゲームが欲しいな～、Ｗｉｉが欲しい！」
母「ゲームは来ないんじゃない～」
子「なんで？」
母「サンタさん、この間お母さんに電話してきて3千円までのプレゼントにしてって言うてたで～、サンタさん今お金ないんやって～」
子「えっ、なんで？〇〇くんの家は、ゲームが届くって言ってたよ。去年も高いゲームだったよ！」
母「ソウとケンタのおうちの担当のサンタさんは、お金がないらしいわ。ゲームじゃない、本とか役に立つものしかプレゼントしないって言ってたで～」
子「へぇ～そんなんだ～」
疑わず信じる素直な我が子たち。笑
そして毎年、子どもたちはサンタさんに手紙を書きます。
「サンタさん、寒い中　プレゼントありがとう。飴とお菓子を置いておくから風邪ひかないようにがんばってね」と。
午前0時、もう起きないことを確認し、枕元にそっとプレゼントを置き、夜中過ぎに禁断のお菓子を食べる私だった。返事は左手でバレないように書いて。

ケンタが小学3年のとき、サッカーをやっていたので、「プレゼントはベンチコートにしよう」と近くの大型スポーツ店に買いに行った。お店の人に「絶対に、お店の名前とか入らないように、ラッピングしてください。」とお願いした。さぁ25日の朝、ケンタは、ルンルンでラッピングを開けたら…

「お母さん、なんで○○スポーツのサイズ引換券が入っているの？　サンタさんて外国の人じゃないの？」

信じられない…………

怒り心頭、私は大人気なく、お店に大クレームを言いに行った。親がどれほどの思いで子どもたちのことを考え、ワクワクを与えているのかわからないのか…

我が家のプレゼントは、図鑑、習い事に使うもの、体を動かすものが多かった。ケンタは小学6年にはサンタさんは、お父さんとお母さんだと知ってしまったけれど、なんと！　ソウは本気でサンタさんを信じていた、高校2年生まで…

このインターネット社会で、いくらでも検索して真実を調べられるであろう時代に、高校2年生でも、パソコンで「サンタさんはどこ？　アプリ」でずっと追跡した。なんてピュアな子だ。中3のときには、クラスの女子とクリスマスの話になり「サンタさんに何お願いしたの？」を聞いたソウ、女子「えっ、信じてるの？　サンタさんなんていないじゃん!! 馬鹿だ～笑　お父さんとお母さんだよ～」と言われ、「オメェこそ、馬鹿だ。そったこと信じねぇなんて！（怒）」と本気でキレたのである。可愛い。成人を迎え、良い子に育ちました。

そして、ロードバイクが大好きだったソウへの最後のプレゼントは、青森の冬に持ってこいな、室内で自転車が乗れる3本ローラー。けっこう重くて大きいので枕元に置くのに苦労した…　誰かにプレゼントを選ぶって楽しい、どんな表情するだろう、喜んでくれるかな、こっちもドキドキ。

これは余談。3本ローラーを必死で漕ぐ兄を見て、弟ケンタは「お兄ちゃんのあの漕ぐ動力がもったいない、必死で漕いでるじゃん。電気に変えれないのかな～」と、中3で思っていたそう。さすが理系だ。

永久歯が折れた

対照的な我が家の息子たち。ソウは空手、スイミングと習字、そろばんを小学生で習った。ザ・王道。ケンタは空手、サッカー、陸上、発明クラブ、器械体操と公文。ソウはとってものんびり屋さんでマイペース、ひとりでも遊べる子。ずっとLEGOをしていた。ボォ〜とするのが好きな子。

とあるスイミング練習の日。確か5年生だっただろうか、プールまで車で乗せて行き、駐車場でおろした。「行ってきまーす」

1時間後、迎えに行ったら頭が濡れてない。なんで？

「今日さぁ〜練習なかったよ。コーチたちなんかしていた。」

「えぇ〜、なんでコーチに言ってお母さんに練習ないって電話してこなかったん？」

「ボォ〜とするの好きだから外見てた♫」

信じられない…

ケンタは、6年生で始めた器械体操もすぐに自分のものにして、バク転ができるようになった。体育の時間なんてヒーローである。選手コースにも誘われたが、ある程度までできると「もういいや。」となる。

ケンタはいわゆる、わんぱくタイプ。6年生のとき、先生から電話があった。

「ケンタくん、今日放課後にアオくんを押して転倒させてしまい、歯が折れてしまったんです。無理には言いませんが、お母さん、すみませんが、相手の親御さんに謝罪の電話を入れてもらえませんか？」

なんてこった。話を聞くと、みんなで廊下を走って帰っていたところ、アオくんがケンタを追い越した、みんなで固まって走っていたところ、たまたま押してしまい転倒したそうだ。ドキドキしながら電話、

「すみません、ケンタの母です。今日はうちの息子が申し訳ありませんでした。アオくん、転んで歯が折れたようで、大丈夫でしょうか」と、平謝り。

アオくんママ「すごく痛いって言っていて、今から歯医者に連れて行くところですっ！」

ご立腹でした…そうだよね…続いて、アオくんママ、

「謝罪して欲しいとか思ってないですけど、永久歯だったんですよね」

え、え、永久歯だったの…やばい。ご挨拶に行きたいとなんとかアポを取り、ケーキを買って伺った。すると、おばあちゃん、お母さんが出てこられ、

「いや、うちのアオもいつも学校で迷惑ばかりかけていて、こちらも悪かったで

す、気になさらずに。逆にこちらが迷惑かけました。」とおばあちゃんが謝られた。あんなにご立腹だったお母さんも怒ってない。

後で聞いたら、アオくんもかなりわんぱくタイプだったそうだ、丸く収まって良かったけど。

兄ソウは、こういう類いで学校から電話がかかってきたことはなかった。ケンタは中学生になっても、2度先生から電話があった。女子のノートに「〇ンコ」と書いて、おおごとになったり。私たち昭和の時代はそんなこと、日常茶飯事だった。私は、男の子はわんぱくくらいがちょうど良いと思っている。ケンタの武勇伝は、まだまだつづく。

まさかの運動部

移住12年目、ソウは中学校に入学した。生後5ヶ月だったあの赤ちゃんが、あっという間である。

1学年3クラス、100人。中学に入ったら走るのが嫌だから美術部に入ると言っていた。田舎なので、選ぶ余地もあまりない。野球部、ないない！　陸上部、幅跳びとか専門なら。バレー部、ない。サッカー部、これもない。吹奏楽部、う～ん。ソフトテニス部、結構走る。環境ボランティア部、ほぼ活動しない。帰ってきたら、「ソフトテニス部に決めた、もう入部してきたよ。部員の半数が、初心者らしいから大丈夫だと思う」

「嘘～大丈夫？」

1年生部員10人中、クラブチーム上がりの本気部員が3人。その他はズブの素人。人懐っこく協調性がある明るいソウは、1年生の学年リーダーに選ばれた。この学校のソフトテニス部、県大会優勝は常連。東北大会、全国大会に個人で進んでいく子もいた。顧問の先生が熱心で経験者、色々なパイプもある。学区外から通って、入部するくらい強い。そんな部のリーダー。個性的な部員たちをまとめるのも、ひと苦労。クラブチーム上がりの子たちは、もちろん親も本気。ダブルスなんて組もうもんなら、足を引っ張りはしないかと、こちらがドキドキものである。

ソフトテニス部に入ったら、なんだか運動神経も良くなって、2年では団体のメンバーに選ばれ、そして、なんと！キャプテンになっちゃった。のんびりマイペースだったソウが、キャプテン。チームのムードメーカーになり、頼れる存在になっていった。初心者の部員の子たちも、クラブチームに入会しはじめたけれど、ソウは「絶対に入らない、自分の時間がなくなる。」と断固として譲らなかった。いざ、新メンバーでのスタート。

そして、ソウは持っている。いや、大事なときにやってしまうのだ。市の新人戦、なんとダブルスで3位。強いペアがいくつもあったなか勝ち進み、素晴らしいプレーを連発。やったーっ！県大会出場。大興奮の1週間後、信じられないことが起こったのである。

4度目の手術

ソウが中学2年の8月に、私たちは飲食店・カフェをオープンした。

飲食店未経験だった私は、いきなりカフェ店員さん。ホールスタッフとして、日々奮闘。土日ももちろんカフェ勤務、定休日の火曜は、デザイン事務所の経理事務仕事をし、それはそれは良く働いた。自分で言うな。笑

今まで週末は家族で出かけ、キャンプも行っていたのが、ガラリと生活が一変した。子どもたちだけで留守番、ソフトテニスの大会の送迎もママ友にお願いした。

そして県大会出場が1週間後となったとある日曜日。カフェの営業が終わり、洗い物していたら信平さんから電話。

「ソウが骨折したかもしれへん。」

「はぁ？なんで骨折したん。」

「スケボーで遊んでいて、転んだ。」

「いや、私まだ終わらんから病院に連れてってよ〜。」

「いや、僕ビール飲んでしもうた…」

「………」

急いで帰り、当番医の市立病院へ。手首を骨折したようだけど、そんなに痛そうにしていない。でも、明らかに手首の向きがおかしい。待っている間、救急車が2台来てバタバタ、ソウは放ったらかし。大丈夫？？何も処置されず、待合室のベン

チ椅子で座らされたまま。保育園のときの複雑骨折のときは、麻痺が出て1分1秒を争うくらいの緊急手術だったけど…

1時間以上待たされて、やっとレントゲン。結果、やっぱり骨折。2度目の骨折、信じられない。でも、軽度の骨折だったため、切開することなく、引っ張ってはめる?簡単な手術。中学2年生、流石に母の付き添いもいらないだろうから、1人で1泊してもらった。

そして、1週間後の県大会、ソウはギプスをつけて出る気満々だったけど、無理でしょ…。もちろん出場できず、ペアの子は、別の子と組んで1回戦負け。ここ一番でやらかしてくれる。

話題豊富な子、でも、もっとネタのある息子なのである。

家族が増えた

3回目の骨折手術を終え、1泊2日の小旅行的な入院から帰還したソウ。

それから1ヶ月に1度、3ヶ月に1度、半年に1度。経過観察で2年間の通院。途中、若干歪んで骨が付いてしまい、右と左、少し手首が違う。手首を使った、激しい運動や仕事をしない限りは、日常の生活は問題ないと言うことで、無事通院終了。まったく、どれくらい病院と仲良しなんだ。お陰で少しのことでは、動じなくなった。そんなソウが中学2年生、ケンタが小学6年生のとき、家族が増えた。

前から、妹弟が欲しいと言っていたケンタ。いや、お母さんは忙しいし、3人目も男の子だと大変や、体力が続かない。

ケンタ「犬飼いた〜い!」

母「誰が散歩行くの?」

ケンタ「わが行くから」

母「いや、これから中学生になって、忙しくなるから絶対行かないでしょ。」

そんな会話が、何度となく繰り返され、保留。猫だったら散歩もないし良いじゃないか? 2泊くらいならお留守番できるし、世話も犬ほどせんでええし、と信平さん。

ええ〜猫? 飼ったことない。

猫派より犬派の私、猫は未知の生き物。信平さん曰く、血統書付きより雑種の方が身体が丈夫でいいそう。んん〜ん、どれくらい悩んだろうか。

わかった、猫飼うか！

それから、トントン拍子で話が進み、猫の里親探しをネットで検索。偶然にも、自宅から車で10分のお家がヒットした。連絡して、実際にご対面。家族４人でお邪魔した。里親って、気軽に無条件で譲られるものではないことを知った。どんな家庭か、ちゃんと可愛がってくれるかなど面談してお互いよければ成立。実は、信平さんは猫アレルギー。抱っこしてアレルギーが出ない猫もいるそうで、会って決めようということに。ドキドキご対面。

痒くない。いろいろお話して、里親面談？は無事終了。譲っていただけることに！　生後３ヶ月のキジトラで、女の子。すぐに我が家に慣れるようにと、いつも寝てた布団、トイレもいただいた。猫グッズがまったくないので、帰りにホームセンターに寄って、購入。

名前は何にする？　いろんな案が出たけれど、私が考えた「こつぶ」が採用。猫のいる生活スタートです。猫は面白くて可愛くて、私はあっさり犬派から猫派に変

わりました。笑
そして、実は譲っていただいたお家の隣りのお家が、ケンタの担任の先生のお家。

翌日、朝の会で
「昨日、先生の家のお隣りさんから猫をもらったのは誰だ〜〜〜」

バレバレ。

子どもたちは妹のように、可愛がり、嫌がっても抱っこしまくり。新しいおもちゃができたように。※ちゃんと命を大切に、可愛いがってます。

でも、初日にソウがお岩さんのように目が腫れた。アレルギー、喘息があるから仕方がない。翌日には、腫れも引いた。そして、子どもたちが段々と変わりだした。猫を飼ったら子供が優しくなる説、ホント！

大人も気づく、犬と違って、猫はまったく思い通りにならない。呼んでも無視。抱っこしても、気分が乗らなければ逃げる。人も自分の思い通りにならなくて当たり前。誰かを、物事を思い通りにしたいのは、自分のワガママである。

カレーはご法度と夜驚病

自宅兼事務所の我が家。信平さんと私、デザイナー3人、カフェスタッフ3人。2階、14畳の一部屋で活動していたけれど手狭になり、子ども部屋の2階の10畳も仕事場に。

私たちは、1階のみで生活することになった。中2のソウも小6のケンタも自分の部屋はもちろんない。マイホームを購入したけど、6畳に子どもたちは2段ベッド、私たちは床に布団を敷いて、仲良く就寝。

子どもたちの勉強机ももちろんなし、リビングの机で勉強。そうそう、東大生はリビングの雑音があるなか、勉強していたという学生も多いとかなんとか。一緒だ、目指せ、東大!

朝8時前ともなると、みんな自宅玄関から出勤。トイレもひとつだったので、かち合う…兄弟喧嘩もはじまる。2階の事務所まで聞こえる。子どもだって、思い切り喧嘩したい。でも、私はタッタッターと1階に降りて行き、「うるさい、みんな仕事しよってんやで静かにして!」

本当は怒りたくないのに、いつもヒステリックに怒っていた。怒った後、自分を責めて、嫌な母親だなと自己嫌悪の毎日。

そして我が家はオール電化、２台のエアコンで家中の空気がくるくる循環して、温度調節と換気をするシステム。

夕方に仕事を終え、みんながまだ仕事しているときに、晩ご飯の支度。料理の匂いが、家中に回る。カレーは、平日に作ったことはなかった。みんな、まだ仕事しているから悪いと気を遣った。お母さんだから仕方ないんだけど。みんなが残業のときは、おにぎりを作って、差し入れしたりもした。

でも、パート勤めのときは、子どもが病気で肩身が狭い思いで休んでいたけれど、子どもたちが具合悪くても、１階に様子を見に行けることは、とてもありがたかった。

マリオになっちゃった！

そんななか、ソウが中2のとき、久しぶりにインフルエンザになった。高熱がでて、おかしな行動をした。誰もいない方を指さして、「○○先生は何番」「誰々は何番だ」とか。でも、目ははっきりと空いていた。

次の日、熱は下がり、インフルエンザは落ち着いたけれど、その日から、毎晩寝てから2、3時間後に急にムクッと起きて、「怖い、怖い」と言ったり、暴れたり、急にどっかに歩き出したり。

「怖くない、大丈夫やで。落ち着いて。」

いくら言っても、まったく聞こえてない。相変わらず、目が空いている。5分くらい続いて、コトンとまた寝る。これが毎日、毎日。ソウの身体で何が起きているのか。高熱で脳がおかしくなったのか…色々調べたら、夜驚病に似ている。でも、3歳から7歳に多いと書いてある。もう14歳なんです、年齢的に…

この頃、信平さんも、付き合いや会合が多くなった頃で、週に2、3日は夜にいなかった。代行料金を節約するため、送り迎えしていたけれど、いつ、ソウの症状が出るかわからない。ケンタもまだ小学生のため2人で留守番させるわけにいかず。信平さんには、しばらく代行で帰ってもらった。こんな生活が2ヶ月続いて、ある日パタンとなくなった。

そのときの話をこの間、ソウに言ったら、

「あのとき、スーパーマリオになった夢をずっと見ていた。コインを永遠に取っている夢。ステージは、4—2の地下だったよ。」

「不思議の国のアリス症候群って言うんだよ。」

へぇ〜知らなかった。

出版によせて ① 長男（21歳）より

まずは第三者の目線から。

縁もゆかりもない本州の北の端に移り住もうとした一人の男。ネットも今ほど普及してないことを考えれば、ものすごく勇気が必要だったでしょう。しかし、忘れてはいけません。この男性には妻子がおりましたね、生後半年の男の子と、奥さん。男の子は半ば強制送還のような形ですが、その移住計画に賛同した奥さんもすごい。


では、息子という目線から。

生後半年のころ。記憶はございません。当たり前ですがかなり大変だったそうですよ。到着したと思えば船酔いしていてぐったり、大変ご迷惑おかけしました。

そんな私はこの20年ちょっとでこの家にとてつもないネタを提供する役割となります。

そして、私もそのネタでたくさんの方々に興味を持ってもらえる人生を歩むと思います。いや、現に歩んでいる最中。

この本が出たことによって、このファミリーがなんとバラエティーに飛んだ4人なのかがわかったはずです。

私は連れてこられた身であり、飛び込んだ側の人間ではないですがみんなで一緒に飛び込んだ海で楽しく泳いでいます。

飛び込むのは勇気がいりますが、ぐっと力を入れて飛び込んでみるとその後は住めば都。

いろんなことがあった20年ちょっとですが、一言で、「なんでもやってみよう。」そんな考えが根付くこの家に生まれてよかったなと思います。

わたしも家族ができたときは、こんな家庭を作りたいと思う。

以上、ネタ提供料をそろそろいただいてもいいのでは？　と思っている長男でした。

第七章

青森の魅力再発見

青森はいっぱい良いところある　温泉編

移住して13年目、青森には田舎で何もない、という意見もあるけれど、ところがどっこいなのである。

温泉天国なんです。

関西では、１人入浴代が７００円か８００円したけれど、青森では２００円〜５００円。高くて５００円である。そして、車で15キロ圏内に10ヶ所はある。しかも源泉掛け流しである！　家族風呂という、ナイスな貸切温泉が、な、な、なんと、１０００円なのである。

家のお風呂は入らないで、毎日温泉に行く人もたくさん。朝5時くらいから営業しているので、仕事前に温泉行く人もちらほら。温泉によっては、子供用温泉プールなるものがあり、浮き輪持参、もしくは貸し出し浮き輪があるところまであるのだ。そして、青森の日帰り温泉には、シャンプーなどが設置されていない。温泉に行くときは、カゴにシャンプー、コンディショナー、ボディシャンプーを持参する。これは旅行用の小さなシャンプーではなく、家のお風呂に置いている、本気の大きなボトルごとである。アカスリ、毛剃り、歯磨きセットまで持ってくる人もいる。アカスリは女子定番アイテム。サウナに入る人は、凍らしたお水やお茶を持ってくる人もある。

子どもたちが小さい頃は、毎週末家族風呂へ行った。なんてたって1000円で楽しめる。関西では貸切風呂なんて3000円くらいしたんじゃないだろうか。家族風呂には、だいたい個室（6畳くらいの和室）がついているから、ジュースやお菓子を持っていけば、子供たちは旅行気分。こんな素敵な家族風呂も、15キロ圏内にいくつもあった。

お金のない我が家は、格安で楽しめる家族風呂が、ホットなお出かけスポットだった。

青森はいっぱい良いところある　食べ物編

なんてたって、青森が好きで住んでいる我が家。いろんなところに行きます、満喫します、本州最北端の大間へは、何度行ったでしょう。5回は行ったかも。大間マグロは美味しいのです…。雲丹もとても甘くて、まろやか。昔、雲丹が苦手だったけれど、青森県の雲丹を食べて大好きになりました。

そして、民宿に泊まったら、8000円でこれ以上食べれないくらいに、新鮮なお魚オンパレード。大間は自宅から車でブーンと、3時間で行けちゃうんです。

日本最大級の八戸市の朝市は、800mに渡り300店ほどが立ち並び、新鮮なお魚から焼き鳥、ラーメン、野菜、パン、スイーツ、日用品からなんでも売っている、これは是非とも、体験していただきたい。

そして、何がすごいって、やっぱりリンゴ。青森と言えばリンゴ。有名すぎるけれど、ここは外せない。現在、青森県では、約50種類のりんごが栽培されているそう。その数にまずびっくり。兵庫県にいたときは、赤いりんご、黄色いりんごという括り、2種類しか認識してない。そして、今思えばスーパーで買って食べたりんごは、恐らくボケていた。青森のりんごは、ありえないくらいに美味しい。兵庫県で食べていたのが、30点だとすれば、青森の新鮮なりんごは120点。いや、お世辞抜きで、本当に。ジュースなんて濃厚。

両親や友人が青森に遊びに来たときに、１００円の回転寿司じゃない、少し高めのくるくる寿司に行った。回ってないお寿司屋さんの方がそりゃいいけど、金銭的に…。

「青森の回転寿司は、こんなに美味しいんか、すごいな。」と、みんなが口を揃えて大絶賛。

青森は山菜も豊富。ワラビ、ミズ、根曲がり竹、フキノトウ、こごみ、アザミ、行者ニンニク、タラノメ、ウド、わらび、ふき。盛りだくさんの自然の恵。私の一番のお気に入りはミズ。ミズの炒め物、おひたしは、絶品。

青森はいっぱい良いところある　自然・観光編

キャンプ大好き我が家。子ども達たちが中学に入り、部活ばかりでなかなか、行けなくなったけれど、キャンプをはじめたのは、最高の選択。

自然を楽しむ。時間を楽しむ。家族の時間を楽しむ。時間を気にせず、追われずのんびりと。

テントを張るときは、みんなで協力。先を読む力、空気を読む力、何が効率が良いか、どこを手伝ったらスムーズか、などの力が養われた気がする。火を起こすときときは、工夫しながら。焚き火を囲み、取り止めのない話をしたり、トランプをしたり。薪の代わりに落ち葉や木を拾ってきたり。

食べ物の準備は、いつも私の役割。でも何か忘れちゃうんだな。そんなときは、あるもので美味しく作る。臨機応変にやる、失敗なんてない。ないならないで、なんとかなるのである。

そして、4畳くらいのテントで、4人寝袋で寝ることは最高に楽しい。高校生もなると大きいのです、テントの中はキュウキュウで狭いけれど、それもまたヨシ。お母さんの隣りを、ゲットしようと子どもたちは場所取り。

こんな、楽しいキャンプが、テントが無料で張れたり、一泊テントひと張り600円のところもあったりする、本当に最高。

そして、忘れもしない体験は、十和田湖カヌー。

朝4時、まだ暗いなか十和田湖に行き、湖畔を出発。静寂のなか、カヌーを漕ぐ音だけが聞こえる。邪魔する音はなにもない。夜明け、小鳥のさえずりだけが聞こえてくる。ちょうど、紅葉の真っ最中に行ったので、それはそれは、息を呑む風景がそこに広がる。

ぜひとも、体験してほしい青森がそこにある。

青森から、東京に行くとして、飛行機で1時間ちょっとで着いちゃう。朝出てお昼には、東京でランチもできる。

雷門だって、東京駅だって、明治神宮だってあっという間。車で行くなら、8時間ドライブ気分で行っちゃう。これは少し体力いるかな。

我が家が、なんで青森に移住したか、そう、ねぶた、ねぶたが好きだから。

弘前市、五所川原市、青森市、平川市、祭りがはじまれば、平日なんてお構いしなし。仕事が終わったら速攻、祭りに行く。毎日、各市の祭りを、渡り歩くのである。

弘前ねぷた祭り、ヤーヤードー。

五所川原立佞武多（ねぶた）は、初日に吉幾三さんがやってくる。

ヤッテマーレヤッテマーレ。

青森ねぶた祭り、いつも「来年こそは、跳ねる！」と、心に誓うけれど体力が心配。毎年体重が増え続け、着地で捻挫の危険。いつかは跳ねたい青森ねぶた祭り、ラッセラーラッセラー。

その地区でねぶた、ねぷたの形も掛け声も違う。

春は桜、夏はねぶた、秋は紅葉、冬は八甲田山の樹氷は圧巻。青森県の桜は、りんごの剪定技術が生かされているため、咲き方がとても綺麗に咲く。これも住んで初めて知り、実感したこと。

青森のどこが好きかと聞かれたら、「四季をしっかり感じられるところ」と、答えることが多い。あの激しく寒い冬を耐え、春が来たときの、満開の桜はなんとも言えない嬉しさ。

いざ、青森へ。

いざ、青森に住むべし。

第八章

画家になる

ベニヤ板に絵を描いた

信平さんは、デザイン会社と飲食店を経営する傍ら、岩木山の絵だけを描く画家でもある。

アメリカの美術大学を卒業した信平さん、大学ではグラフィックデザインを学んだ。卒業して、絵を描くことはなかったけど、描いてみようかなと、２０１１年２月３日に言い出した。キャンバスを買うお金がなくて、ホームセンターでベニヤ板を３分割して描いた。もちろん、絵の具を買うお金もなくて、確か子供のアクリル絵の具を使って描いた。

私は、ホームセンターに何度もベニヤ板を買いに行った記憶がある。数枚、描いたところでFacebookに上げたら、「いいね」をたくさんいただき、それから更に描くようになった。

そのうち、「この絵買えますか？」と言われ、絵を販売したことがない信平さんは、びっくり。

「材料代からいうと１０００円でどうですか？」

「それだったら、私買いたくないです、頑張って買える金額にしてください」と、言われた。

1枚、2枚と買ってくださる人が増えてきて、やっとキャンバスを買えるようになった。

個展の開催

岩木山画創作活動を始めて、ちょうど2年経ったころの2013年、「個展をやってくださいませんか?」と、ギャラリーの方から電話があった。

しかも、企画展だったため会場料は無料という、有難いお誘い。お受けすることになった初の個展。この個展は大きな転機となった。

60点あまりの絵を展示し、個展の期間は10日間。新聞社さんにも取り上げていただき、たくさんの方に来場していただいた。ギャラリーでの過去最高の来場者数だったそう。

会場には、信平さんのプロフィール、移住に至った経緯もパネルで展示。信平さんの絵の前で、感動したり、言葉では言い表せない感情が込み上げて、泣く方もいらっしゃった。

ポストカードやステッカーなど、岩木山のグッズも販売し、私はグッズ販売とお喋り担当。たくさんの方とお話しさせていただき、

「あなたが奥さん？　よく、青森県について来たね。奥さんが一番大変よ。奥さんが偉い」と多くの人に言っていただき、「いやいや、私はなにも考えてないんですよ。決断もなにも、若かったので（笑）」と、二言目には言っていたけれど、とても嬉しかった。

会場に入りきらないくらい、たくさんのお花も届いた。初個展、しかも無名にも関わらず、その場で、絵を購入してくださる方もいらっしゃった。

それから、ほぼ毎年、個展を開催している信平さん。

毎回、息子たちも個展の準備や会場で手伝いをしてくれた。父の描く絵が、こんなに人を感動させている、こんなに来場してくださる。その現実は、子どもながらに誇らしかったと思う。

初個展のときは、小学6年生と4年生の息子たち。静寂なる個展会場で、取っ組み合いの兄弟げんかもしたこともあったけれど、これも良い思い出。

お母さん

昔の写真を整理していたら出てきた「お母さん」

ソウとケンタが小学生のときに書いてくれた私。

けっこう似ているような気もする。父の遺伝子を受け継いでいるだろうか。とても嬉しい、2人からのプレゼント。

でも、なんで頭に鳥を乗せたのだろう。

第九章

子育て（中学・高校編）

人生を変えた講演家

県大会出場前に、ありえない骨折をしてから月日は経ち、ソウは中学3年生になった。強豪ソフトテニス部キャプテン、団体メンバーにも選ばれるも4ペア中の4番手、まず試合は出ない。他の部活のみんなは引退し、受験一色の7月。まだまだ続くよ、強豪校。夏休みは高校生との練習を経て、県大会と東北大会で引退。

そして、みんなより2ヶ月遅れで、塾選びスタート。

大手A塾、月謝もさることとえながら押しが凄くてドン引きだった。中学生だもの、少し楽しい事ことをチラつかせられると、この塾にしたい、と思っちゃう。契約もしてない、入会するとも言ってないのに、饒舌に説明をする担当者は、「じゃ、ソウくん、冬期講習会は仙台であって、こんな楽しいこともするよ、どのコースにする?」とか言っちゃって。いやいや、まだ入るとも言ってないでしょう…「ちなみに、その冬期講習合宿は、いくらするんですか?」と尋ねたら、

「はい、お母さん20万円です」

はぁ? である。その後も畳み掛けるように説明し、なんとか契約に持っていこ

うとした。そんなの却下、ネクスト、ネクスト。

次の塾はとてもアットホーム、金額も良心的。塾長がとても感じが良く、寄り添ってくれる感じ。ここに決めた。

翌週から、さっそく週2回の塾通いが始まった。志望校D判定からのスタート。9月スタートで少しずつ成績が上がった。12月にはC判定、それでもC。志望校を変えるか…。実業高、工業高に変えるか、いや、大学に行く可能性が少しでもあるなら、普通科がいいだろう。12月の三者面談。ここでほぼ確定しなければならず、揺れる15歳の心。結局、決められず「一晩、家族で話し合って明日また来てください。」と先生に言われ、帰った。三者面談を、2日連続でやる子も珍しかろう…その夜、家族会議をし、元サヤの普通科を受けることにした。受験生、もうちょっと勉強するんじゃないの〜っていうくらい、のんびりマイペースのソウ。こっちが一番ドキドキしていた。

1月、後にも引けない願書提出。さぁ、泣いても笑っても自分次第。母は美味しいご飯を作って、笑わせて、リラックスさせるだけ。

そして、ソウの人生を変えたと言っても過言ではない、講演家・中村文昭さんとの出会い。この頃、中村文昭さんの講演会の音源をずっと聞いて、受験を頑張っていたソウ。なんと、その中村文昭さんの講演会が、青森市で開催されるという情報が入ってきた。

しかも、県立高校受験日の前日の夜に…。

人生を変えるかもしれない高校受験、しかも夜。講演会が終わって、帰宅したら夜の10時。ソウは、講演会に行くと言い出した。マジか…、どうなる、受験。

ロードバイクの世界へ

中3のとき、ソウは自転車に夢中になった。

受験勉強の合間に、「サイクリングに行ってくる」と、自転車で近くをウロウロ。自転車に乗ると、風を感じることができ、気持ちが良いのだとか。そしてプレゼンしてきた、ロードバイクが欲しいと。

ロードバイク？

競技用の自転車。通学に使っているのが2万円に対して、ロードバイクは10万円くらいするらしい。自転車に10万円？

聞くところによると、高いものは１００万円もするそうだ、中古の軽自動車が買えるじゃん。ずっと貯めていたお年玉貯金で買うならと、了承した。ピンからキリまであるロードバイク。まずは初心者、体力のある若者にオススメという重いけれど、お買い得のロードバイク６万円を、中３の夏に購入した。

ロードバイクとの出会いはソウの人生を変えた。自転車を通じて、思考、視野は広がった。たくさんの人に出会い、たくさんの事を経験した。ソウのロードバイクを通じて、私たち親も知らなかった世界を見せてもらった。色々なことに興味を持ち、その場その場で楽しむことができるソウ。

高校受験の結果はいかに

講演家　中村文昭さんにすっかり、気持ちを持っていかれた受験生。それでも願書を提出した1月下旬から少しづずつ、スイッチが入りだしたソウ。遅すぎる本気、しかもC判定。

でも、私たちも初めての子、初めての子育て、初めての受験。何もかも初めて物語なのである。塾の模試で一喜一憂し、2月の最終倍率で、さらに一喜一憂し、本人は焦る雰囲気もなくマイペース。一番ハラハラしていたのは私かもしれない。定員240人、受験生300人超、60人強も落ちるの?都会では、少ないのかもしれないけれど、青森では定員割れもザラのなか、倍率1・25倍は高かった。

まずは、滑り止めの私立は合格した。いよいよ、県立高校の試験当日。今時の受験は、先生に何時に家を出るかを提出するらしい。受験会場へは8時半までに、普通に行けば、車で25分の道のり。7時出発、7時半着で提出したけれど、先生に「遅い!」と却下され、6時にした。早いに越したことはない。結局、6時半には到着してしまい、コンビニの駐車場で1時間もボォ~とすることに。

試験終了後、そのまま塾に行き、自己採点。び、び、微妙な点数。合格ラインよりも、50点足りないではないか……。絶望的だ。がしかし、内申点も、そこそこ良かったので期待するしかない。もちろん、宣言通り、受験前日、中村文昭さんの講演会に行った、帰りにご飯も食べたから、帰宅は22時。明日、朝6時出発で受験なのに。もう祈るしかないのだ、信じるしかないのだ、ジタバタするのは、辞めた。

そして、合格発表当日。ドキドキ……。

合格発表会場の高校に到着。同じ中学校からは12人受験。どこだ、どこだ、どこーっ。そこへ、同じ中学のママ友が、興奮してやってきた。

「ソウくんの番号、あったよーっ、おめでとう！」

マジで〜〜〜。もうダメだと思っていたのに、私は飛び上がった。泣いてしまった。同じ中学校からは、１人も落ちることなく合格。しかも点数開示に行ったら、ソウはみんなより点数が良かった。報われたあの日。

そもそも、もっと早くに本気を出していたら、こんなにドキドキせずに済んだのではないか？　笑

でも、あんなに入りたくて頑張った高校も、途中で辞めたいと言い出し、休みがちに。やっとこさ、卒業したことは追々綴っていきます。

ボタンが全部ない

中学校の卒業式、ソウはすごく泣いた。泣いたっていうレベルではなく、号泣。女子より、泣いていたんじゃないのってくらい。いろいろと思うところがあったのだろう。人目も気にせず泣けるソウを見て、男としてカッコイイなと思った。

ソフトテニス部のキャプテンに大抜擢され、個性溢れるメンバーをまとめ、先生とメンバーの板挟みで苦労したこともあった。引退時には、顧問の先生に「ソウだから、ここまでやってこれた、本当にありがとう。」と、ありがたい言葉もいただいた。

そして、卒業式を終え、外に出たらソフトテニス部の後輩たちが待ち構えていて、ソウ先輩、ソウ先輩と囲む。「ソウ先輩、ボタンちょうだい。」と。

結局、後輩男子にボタンをすべて取られたソウ。女子ではなく男子にみんな取られた。その後輩のなかに、同じ部だったケンタももちろんいた。

兄がみんなに慕われて、ケンタは嬉しかったことだろう。私たち親もどれだけ嬉しかったことか。決して、頭も運動神経も、ずば抜けて良いわけではないソウ。でも人懐っこさと、誰とも仲良くできる、そして優しい。誰かの心を幸せにできる、そんな力がある子。

これからどんな人生が待っているのだろう。山あり谷あり、辛いこと、楽しいこと、沢山のことが起きるだろう。自分の思う人生をソウらしく精一杯、生きてほしい。

そして、卒業式の後、担任の先生に叱られた。

「ソウ、お前はアホか。合格発表、制服のボタンなしで見に行くのか？　みんなにボタンを返してもらってこい！」

確かに…笑。結局、合格発表だけのためにボタンを買ったのである。これもまた良い思い出。

車で1200キロ

長男ソウが高校に入学し、次男ケンタは中学2年生。部活も本格的になり、3年生が引退し、ケンタもめでたく強豪校のキャプテンとなった。ケンタのチームメイトは、ソウのときより更に個性派揃い。これはリーダーとして気合いが入ります。が、部活は部活、家族の時間、勉強の時間も大切。ソウと同じく、クラブには入らない宣言を早々した。

この年の年末年始。初めて、青森県から兵庫県まで車で帰ることにした。

いつも、年末ギリギリまで仕事をしているからか、年末間際まで帰省の予定がわからない。マイルを貯めても飛行機の予約がなかなか取れない。「それならいっその事、車で帰っちゃおうという事に。」夜中に出発し、最大限ETC割引を活用。行きは東京経由、鎌倉で一泊、帰りは石川県で一泊、実家の滞在時間は短いけれど、なかなかできない旅行のはじまりはじまり。2時間おきに、信平さんと交代で運転。運転は好きだけれど、さすがに首都圏は厳しい。東京に入る前に交代する予定が、気が付いたら……私が首都高速に乗ってしまっていた…

無理むりムリーっ！！！！　みんなすごくスピード出す、めちゃくちゃ割り込んでくるーっ！　辞めてー！　ずーとジェットコースターに乗っている気分で、手汗が半端なかった……。疲労感２００％。

首都高速を抜け、やっと宿泊先の鎌倉まで着いた。鎌倉の街を探索し、鶴岡八幡宮も行った。車中は、しりとりなんかしたり、トンネルはみんなで息を止めたり、しょーもない事を全力で楽しむ我が家。

江ノ電と並行して車を走らせ、サザンを聴きながら風を感じた。鎌倉で一泊し、早朝出発して、いざ兵庫県へ！名古屋を通り、高速が段々と渋滞しはじめた。そして、全く動かなくなった。大渋滞。予定より4時間遅く、信平さんの実家に到着。疲労困憊。案の定、疲れて翌朝、やってしまった。

目覚ましを5回かけたけど、全く起きられず。起きたときには、時すでに遅し。お味噌汁もおかずも、なにもかも準備してあった。

長男の嫁、役立たず……

お義母さんが何でも完璧にサッとされるので、空回りばかり。信平さんをはじめ、ソウとケンタも「あっ、お母さん空回りしているー」と内心、ニヤついていたに違いない。こっちは必死なのである。

今回の帰省、行きは鎌倉で一泊、帰りは石川県で一泊の予定だったので、30日の夜に主人家に到着、31日も泊まり元旦のお昼に私の実家に移動。翌日のお昼には、出発した。24時間滞在で物足りなさ満載でしたが、行き帰りの一泊ずつの宿泊でとても楽しかった。

行きの首都高速＋神奈川、静岡、愛知県、大阪〜都会の高速のサービスエリアはとても充実、毎回休憩という名の、甘いもの購入という駄目ダメなルーティンもたまになので、これもまたよし。

帰りは、北陸の日本海側をひたすら走るルート。ひたすら海、うみ、海〜。サービスエリアの充実さも少し…お陰様で、甘い誘惑もあんまりなくドンドン運転。渋滞もまったくなく、数時間でスムーズに宿泊先の石川県に。高速代も首都高速経由より、北陸のほうが安い。北陸ルートなら、一泊しなくても、ノンストップで一気に兵庫県まで往復できるかもしれない。

がしかし、やはり行き帰りの運転、そして帰省中の疲れからか、さすがに山形、秋田あたりから「まだ、着かないのか…」と疲れが出てきた…

やっぱり飛行機は高いだけあって、楽チンだった。

懲りずにまた

けっこう疲れたはずなのに、懲りずに往復2400キロ、車の旅を8ヶ月後に決行した。

お盆休み、移住してから初めての夏に帰省。暑かった…ホントに蒸し暑かった……前回の経験を生かして、今回は行き帰り北陸経由。

夏、初めて帰省して思ったこと。荷物、少なっ！！ Tシャツ数枚でいいじゃん。よーし、出発！

またETC割引を活用するため、夜中に高速道路に乗る。北陸経由で青森県から兵庫県は、片道たしか1万5千円でお釣りがくる。あとはガソリン代、途中の宿泊費。高級宿は泊まらない、民宿や素泊まり旅館、ビジネスホテル。そして美味しいものを食べるのが我が家のルール。

今回の帰省、富山県をぶらり。氷見市の藤子不二雄Aのギャラリーや、街中のアートを散策し、海辺の民宿に一泊。プロゴルファー猿、懐かしすぎる…ハットリくんも。北陸経由は、渋滞もなく楽だった。そして、前半は井上家、後半は私の実家。私の実家の兵庫県宍粟市は、揖保乃糸の名産地。素麺流し専門店まである。20年ぶり素麺流しにも行き、大満足。そして、今回も行き帰りの一泊があるため、24時間の滞在で実家を後にした。

飛騨高山の旅

往復2400キロ、車で帰省すると、いろいろな県を横断できる。各県、家の作りがずいぶん違う。屋根の構造、壁の色など。違いを発見できるのも、楽しみのひとつ。

東京にも、家族旅行で2度、車で行った。往復2400キロに比べれば、東京までは8時間、あっという間である。

帰省は、神奈川→静岡→愛知→三重→滋賀→大阪→兵庫→京都→福井→石川→岐阜→富山→新潟→山形→秋田→青森。千葉、埼玉も行った。

兵庫県に住んでいたときも、いろいろ旅したけれど、まだ足を踏み入れてないのは、山口県、九州全県、沖縄。コロナが落ち着いたら、九州行きたいな。

ということで、この年の帰省旅行は岐阜に立ち寄り、飛騨高山を堪能した。私は華やかなテーマパークより、温泉や古い街並みが好き。

初めての1人旅

生まれも育ちも兵庫県の私。高校卒業して、自宅から通勤できる地元の企業に就職し、26歳のときに結婚。

基本、1人が嫌な人。いまは、たまに1人になりたいけど…旅行も誰かと行くのが楽しい。

ずっと車生活、電車、新幹線は皆無の人生。東京の地下鉄、まったく分からない。出張のときは、いつも信平さんの後ろを、小判鮫にようについていっている。

そして、6年前、42歳、初めての1人旅を決行することに。

県の移住者イベント女性版に、スピーカーとしてお呼ばれし、東京新橋へ1人で行くことになった。電車、新幹線は不安なので、慣れている飛行機をチョイス。羽田空港から新橋に行く交通手段を信平さんに聞いて、さぁ、飛行機に乗って出発。

羽田空港に着いた。「どの電車に乗ればいいんだ？」右往左往していたときに、駅員さんを発見。「新橋に行きたいのですが、この電車で合っていますか？」と聞いてから乗車。田舎者丸出しだけれど、全然恥ずかしくない、間違う方が嫌だ。新橋に着いて、会場となる場所をチェックし、まずはお昼ご飯。アメリカ・トランプ元大統領が来店したハンバーガー屋さんへ偵察。ふむふむ、いろいろと参考になる。でも、手前味噌だけど、自分のお店のハンバーガーがやっぱり一番美味しい。飲食店をやるにあたって、自分が毎日食べたい、一番のファンであることが条件だと思う。

初めての東京1人旅。夜ご飯、せっかくだから新橋で、どこかオシャレな美味しいお店ないかな〜と探索してみたけれど、お酒飲まないし、1人だし、サラリーマンの街の雰囲気に飲まれ、結局チェーン店に入った…田舎者…。

1人は寂しい、やっぱり旅も食事も、誰かと一緒が楽しい。

両親、ハンバーガーを食す

青森に移住し、何が好きって春夏秋冬がはっきりしているところが好き。嫌なところは、雪かきだけ。積雪が多いときは、毎日30センチずつくらい積もる日もある。朝5時起きで雪かきしても、帰宅時にはまた積もっている。雪かきしても、しても、終わらない。

そして、雪かきで近所の人ともめる…これが一番面倒である。やれ、うちばかりしている、あそこの家はやってないとか、人の敷地に雪を捨てたのは誰だとか…。おっと～負のオーラを出してしまった。

気持ちを入れ替えて、

青森は、春は桜、夏はねぶた、ねぷた祭り、秋は紅葉、冬はウインタースポーツに樹氷、地吹雪ツアーなど、見どころいっぱい。私の父は4回、母は7回、青森に遊びに来ている。6年前の年末年始、両親が遊びに来た。うちの飲食店に、初めて来店した身内第一号。

まずは、ハンバーガーを。父はこのとき、アボカドを人生で初めて食べた。当時、父は72歳、母は69歳、好き嫌いなく、なんでも美味しく食べる両親。大きなハンバーガーをペロリ。年末年始に、実家に帰省したときも、私たちは関西のハンバーガー屋さんによく偵察に行く。両親も喜んで、一緒にアメリカンなハンバーガーを食べに行く。

食べることは、人付き合いと同じ。好き嫌いの多い人は、人の好き嫌いも多い感じがする。何でも進められたものをまずは食べられる人、好き嫌いのない人は、人と関わる上で、人を区別せず、人が好きで、人との関わりを大切にしている人が多い気がする。

話は戻り、八甲田のロープウェイに乗って、樹氷を見たり、岩木山神社にお参りしたり、雪かきしたり、お寿司を食べに行ったり。林家ペーパーさん並みに写真をいっぱい撮っていた両親。母は、冬の青森が一番好きだと言う。

青森の真冬を感じてもらえて良かった。夏と冬に来ることが多いので、今度は春の桜の満開、秋の十和田、八甲田の萌えるような紅葉のときも、遊びに来てもらいたい。

任天堂は恐るべし

我が家の子どもたちは、小さい頃からあまりゲームをしない。お金がなかったから買ってあげられなかったのと、子供は元気よく外で遊ぶ、が家訓であった。

我が家には、15年前のDSと10年前に買ったWiiだけある。それと、30年前のスーパーファミコン。3人姉妹の末っ子だった私も、またゲームを買ってもらえず、いつも自然の中で遊んでいた。

このスーパーファミコンは、私が18歳のとき、自分のお給料で、友達からカセット4個と本体合わせて5千円で買ったもの。ニンテンドーさんはすごい、30年後の今でも現役で動く。やっぱり、スーパーマリオ！

無限パワーアップきのこ、懐かしい。いまだに、8―4をクリア出来ず。少しどうでもいい話も。

星野リゾート界津軽に泊まってみた

青森に移住して17年目の我が家。

とにかく支払いは、ＪＡＬカード。信平さんが貯まりやすい方法を駆使し、マイルを貯める生活をしている我が家。そうすることで、年一回、家族４人分の飛行機チケットがマイルと交換できる。ちょうど、両親が青森に来たので、年末年始は帰省しないため、マイルがまだある。

そうだ！結婚記念日にマイルを使ってどこかに泊まろう〜♬

ということで、青森県にある「星のリゾート 界 津軽」へ。口コミを見たら、記念日だと伝えると、何かサプライズがあると書いてあった。何が起こるのだろう、実験だ。

建物のなかには、歴史や文化の本がたくさんある図書館があったり、青森の工芸品のこぎん刺し、つがる塗り、ブナコなど、見ていて飽きない。

津軽三味線の演奏、こぎん刺し体験、エステなどもできた。

お風呂は青森ヒバ、そして、風呂上がりには、なんと、アイスクリームが無料で食べ放題。食べ放題で興奮するところに、自分の貧乏性を感じて悲しくなる…。

部屋にはテレビ、時計がなく、時間を忘れてゆっくり過ごしてほしい、というコンセプト。

いよいよ夕食。料理の写真をあんまり撮らなかったけれど、味も繊細。「こんな食材の組み合わせいいな、盛り付け、こうすれば良いんだ」と、たくさん参考になった。

そして、15時のチェックイン時に、例のアレを実行していた。「今日は結婚記念日で、家族4人で予約したんです」と、それとなくフロントの人に、言ってみた。すると、夕食時に、スタッフの方が、「ご家族で写真お撮りしましょうか？」と、自分達のスマホとホテルの方のカメラでも撮影。食後のデザートに、「ご結婚記念日おめでとうございます」のチョコプレート。確かに、サプライズだが、想定内である。

翌日、チェックアウトするときに、なんと、家族写真の入ったミニアルバムをいただいた。これは嬉しい。

18年目の結婚記念日、思い出深い、素敵な日となりました。

次男の塾探し

移住16年目、ソウは高校2年生、ケンタは中学3年生、いよいよ高校受験。相変わらず、部活はハード。ソウのときの教訓から、部活を引退してから塾に通うのではなく、高校2年の終わりから塾に通い始めた。最初、ソウと同じ塾に通ったけれど、先生が優しすぎて物足りないから辞めたいと言い出した。いろいろ聞き込み調査をし、なんでも個人塾で個性的だけど、良いところがあるという情報をゲット。電話番号を聞き、体験に行くことに。

行ってみてびっくり、えぇ〜、ここ???

今時こんなところがあるのか、というくらい古く、昭和の雰囲気漂っていた。まさに昔の寺子屋、公民館のようなところだった。塾長もかなり個性的。塾長といっても、農家と塾との兼業のようで、先生はこの塾長1人。いろいろ話を聞いて、ケンタは気に入ったよう。本人が行きたいのなら、母は喜んで送り迎えを張り切ってやります。料金も良心的だったのは、家計的に助かった。

まずは、数学と英語の2教科を申し込んだ。ソウも通った塾は塾長も優しく、アットホーム。先生も弘前大学生の人が多く、おっとりマイペースのソウにはぴったり。ソウのことも、君づけ。一方、ケンタが通い出した個性派の個人塾は、最初から呼び捨て、これがケンタには良かったよう。基本的に、気を遣われるより、厳しい先生が好きなよう、変態か。笑

平日1日と土曜の週2日の塾。今日は先生がこんなことした、あんなこと言ったなど勉強の事はさておき、先生の行動を嬉しそうに帰りの車の中で話すケンタ。

あるときは、みんなが勉強中に教室の隅っこでカップラーメンを食べ出す先生。生徒達もおにぎりなど持ってきて、食べながら勉強しているのだとか。

面白いことに、ケンタの志望校の近くに先生の畑があるらしく、畑の中に勉強スペースがあるそう。学校帰りに、畑によって勉強を教えてもらう子もいるのだとか。聞けば聞くほど興味深い先生。

一方、3年生になり部活もさらに激しく、強豪校なので、県大会はもちろん、東北大会にも行ったり。キャプテンなので、インタビューもされ新聞に載ったり、とてもよい経験をたくさんした。

ある日、テニスの試合からケンタと帰宅したら、信平さんが「ちょっと近くで良

い土地を見つけたから、見に行こう！」

えっ、土地？何の？に何するのーっ？

人生を大きく変える土地を、このあと見に行くことになった。

自宅兼事務所からの卒業〜

移住16年の春のこと。

自宅兼事務所で、7年間やってきた私たち。2階が全て仕事場。トイレも一つ、相変わらず晩ご飯も匂いがプ〜ン、兄弟喧嘩も聞こえるから、いつでもどこでも、ヒステリックおかん健在。人も増え、事務所にみんな座れなくなり、私は階段を上がったホールに机を置き仕事。こんな自宅兼事務所で生活感満載なのに、黒塗りの高級車が来たり、某銀行のとってもとっても偉い人が来られたり。すみません、という感じでした。

信平さんの誘いで土地を見に行った。そこには400坪の空き地があった。農地だったらしいこの土地、田舎なのでお得な値段とはいえ、それなりの土地代。この土地に、1階はカフェ2号店、2階は事務所の社屋を建てたらどうか、という提案。社屋ともなると、それなりの借金。

弘前公園の桜は満開。外堀の綺麗な桜を見ながら、借金は増えるけれど、プライベートが持てる。自宅の2階も使える。悩んだ末に購入することにした。10年、誰も近寄らず、荒れ放題の400坪の空き地。使っていない小屋、いろいろなものを処分し更地に。さぁ、いよいよ建設スタート。

売主の方に聞いたら、ちょうど10年前にこの持ち主のおばあちゃんが亡くなったそう。その頃、私たちは弘前市内から、今の家に引っ越してきた。この空き地から300メートルのところに、9年間も住んでいながら、まったく気づかなかった。誰も気づかない、気づいてくれなかった土地。たくさんの人が訪れ、賑やかな毎日になることを、首を長くして待っていたのかもしれない。

我が家とこの土地の近くには、古墳がある。私たちの住んでいるところは、少し小高くなっている。大雨で浸水や土砂崩れの心配もないところ。

神様に守られている、そんな気がする。

着工と新入りの登場

この400坪の土地は農地。しかも2区画に分かれていて、売主もお二方。買うのに手間のかかる土地だった。まずは、農業委員会に宅地に変えたい旨を申請。結構時間がかかり、宅地に転用されるも、なかなかスムーズにいかなかった。

2018年5月、工事スタート。農機具小屋も撤去し、更地に。柿の木、マルメロの木はとても気持ちよさそうに、青々とした葉っぱが風に揺れていたから、そのままに。この辺りの土地はとても土が良い、ふかふか。井戸の水も、ドバドバと雪を溶かすほどは出ないけれど、飲水くらいの量は出る。

なんといっても気の流れが良い。私は霊的なものは全く見えないけれど、沈んだ土地、気持ちの良い場所はわかる。

「土地の神様、井戸の神様、これからここに根を下ろします。どうぞよろしくお願いします」

地鎮祭も無事に終え、順調に工事が始まった頃、マイペースな猫こつぶの生活を脅かすアイツが我が家にやってきた。幸せの扉を開いてくれる、幸せを引っ掛けてくれるなど縁起の良いカギしっぽの三毛猫が、生後2ヶ月で我が家の仲間入り。名前は、あられ。ドクタースランプアラレちゃんでなく、いろんな色の毛だから、あられ。多頭飼いのスタート。新入りの登場で、こつぶはペースを乱されるのであった。ストレスでハゲも出来た。

学校を辞めたいパート1

長男ソウが高校2年生のとき、大好きな講演家・中村文昭さんが主催の「ご縁つむぎ大学」が、青森県で第一期生を募集することになった。

もちろん、ソウは「参加したい」と。月1回、半年間で9万8千円。気軽な料金ではなかったけれど、学生は半額ということで参加。

それから、ソウの人生は少しずつ変わり始めた。本気の大人の皆さんと、月1回の学びの場。「頼まれごとは試されごと。返事は1秒、ハイかイエス」を合言葉に、人間力を学び、自分の考えを持ち、大人の前で堂々と発言するようになった。

長いものに巻かれる進学校に、疑問を持ち始めた。

入学したときは、週末はロードバイクに乗りたいからと、部活に入らず生徒会執行部で楽しんでいたけれど、２年生ともなると、土曜は講習会。夏休みも講習会の日々。ご縁つむぎ大学は毎回、土曜日。そんなある日、ソウは担任の先生に「どうしても参加したい勉強会があるので、次の講習会を休みたいんですが。」と聞いた。先生「ダメだ、お前だけそんなことしたら、乱れる」みたいなことを言われたそうだ。乱れる?自分の意思で勉強し、自分で進学を決める、そのなかで、生徒が勉強会に参加したいと言っているのに、可能性を摘み取ってどうする。

ただでさえ学校嫌いなのに…

案の定、学校嫌いが再加速。もちろん、講習会は休んだ。私が仮病の電話をして…この頃から、学校に行きたくない、辞めたいと言い出した。

待て待て、落ち着け。

落ち着け、落ち着け。

１年生のときにクラスの委員長をしていたソウ。文化祭の練習の最中のころ、ルールで朝練禁止だったけれど、クラスの子たちが隠れて朝練した。それが見つかり減点、結果、優勝できず。それを委員長のソウのせいだと、クラスLINEで叩かれ始めた。

同じクラスにいる子のママから、私に連絡が来た。「ソウ君、かなりクラスLINE上で言われているらしい、と。

ソウに聞いたら、「事実だ、クラスに味方も理解者も少ない、総スカン、先生も知ってるだろうけど介入してこない」しかも、明らかにソウの事を言っているのに、名前は出していないから、証拠もないのが現状。

学校に行っても面白くない、辛い、と。

昔はスマホもメールもLINEもなくて、書き込みもなくてこんなことなかった、大変な時代になったもんだ。でも高校だけは卒業してくれ、学校に拒否反応を示しながらも、なんとか通った。月曜日によく頭が痛くなり、休んだ。電話するのは私。

学年主任の先生が出て「〇年〇組の井上ソウです、頭痛で休みます」と、何度も何度も休みの電話をした。「お母さんですか?」と疑われたときもあった。私が電話できないときは、ソウは自分で休む電話をしていた。先生に「本当に具合悪いんだろうな？　後でお母さんに電話するからな」と。電話がかかってきたことは1度もないけど。

そんな生活が半年くらい続き、ソウ「大学行かない」と言い出した。

やっぱり…夢と希望を持って、高校入学したけれど。

何気ない毎日が幸せ

ソウの大学行かない宣言！「学歴は関係ない、なんとなく大学に行っても授業料がもったいない。もし大学に行きたくなったら自分で仕事しながら行く」と、自分のこれからを決めたソウ。

中村文昭さんのご縁つむぎ大学に楽しみを見出し、学校では勉強せずに授業中も読書。この頃、小説を読む冊数は多かった。それも人生、どう生きるかは子ども次第。

早く受験勉強に集中したい、中学3年生の次男ケンタ。ソウのときと同じように、他の部活の子たちは早々と引退したけれど、やっぱり強豪校、勝ち進んだ。練習に明け暮れる日々のなか、志望校の見学会がスタートした。ケンタは県立3校、私立1校を見学希望。そして無情にも第一志望の高校の見学日と、ソフトテニス東北大会が重なり行けなかった。

東北大会で敗退し、やっと受験勉強。でも勉強の合間に、キャンプだって行く。これは我が家のルール。家族の時間は大切なのだ。

猫たちも元気。こつぶ、「なんで、あられ入って来るん？？　ウザイんだけど…」と、お気に入りの発泡スチロールでくつろいでいるところに乱入され、シャーシャー威嚇。

チャリばかのソウは、岩木山ヒルクライムレースに初出場。岩木山の麓からクネクネ69のカーブ＋坂を足もつかず、10キロを一気に漕いで上がってくる…信じられん…

ゴールで待っていた私は、まだ来ないだろうと、呑気に他の人を見ていたら、ゴールの方から、「お母さん、わぁゴールしたよ」と声をかけられた。余りにも早く上がってきたので、気づかなかった。

早すぎる、恐るべし、17歳の体力。

引っ越しと次男の高校受験

夏になり、社屋兼カフェの建築がどんどん進んだ。そしてついに、12月26日、師走も師走、年末に引っ越しすることになった。300メートル離れた近いところへの引っ越しだけれど、それはそれで大変。28日で仕事納め、月末の支払い、給料計算、トライアスロンのようにノンストップで、何が何だかわからないくらいにバタバタ29日に荷造り、お昼の飛行機で帰省。

クタクタのままで帰省した長男の嫁、まずは餅つき。お節料理も空回りしながら、毎度のこと頑張って、毎日の早起きも1回寝坊して、ちびまる子ちゃん状態…だったけれど、引っ越しと仕事納めで疲労困憊の状態で帰省しているんだもの。もうこれが精一杯。3泊4日、嫁修行が終わり、やっとゆっくりできる…私の実家へ移動。久しぶりに姫路城へ行ったり、ソウは兵庫県の友達（私の幼馴染の子と仲良くなって)、2人でバスで太陽の塔に行ったり。

ソウは多趣味。ロードバイクの次はギター。高校2年生の誕生日プレゼントにもらったギター。5年経った今もここぞとばかりに弾いている。

そんなこんなで、年が明け、ケンタは願書を提出。迷うことなく、男は黙って県立一本。場の雰囲気になれるために地元の私立と、力試しのために北海道の私立を受けた。北海道の私立は、私とケンタで前入りして、ホテルに泊まり受験。

3月、いよいよ受験日。真面目で完璧主義のケンタ、兄のように前日の夜に出かけるなんてことは絶対しない。A判定でも、気を緩めることなく勉強。試験が終わったら、塾へ直行。自己採点、絶対はないけど大丈夫だろう。倍率は確か1.2倍くらい。240人の枠に300人が受験。でも、気を抜かず高校に入っても塾は行くと、入試が終わった後も塾に通った。さすがだ。爪の赤を煎じて、飲みたいくらいだ。

合格発表まで、毎日「自己採点、下がったかもしれない。落ちたかもしれない」と言ってくる。大丈夫だって、内申点も良いし、受かるって!と言っても心配発言。絶対受かると思っていても、こっちも心配になってくる。

発表当日。高校に駐車場がないため、近くで信平さんは待機。

受験番号が貼り出される。どこ？　どこ？　どこーっ。

次男がぽそり「お母さん、番号あったよ、受かったよ。」

ぇぇえぇえーっ！！！！！！！！！！

また、ぽそり「同じ中学の子、４人も受かっているよ」

母は人目も気にせず、「ケンタ、やったー。やったー、よかったな。」大声を出し、大喜び。ケンタがまた、ぽそり「お母さん、分かったから、声大きい…」

喜怒哀楽の激しい私。いつも冷静なケンタ。ちょうどいいのだ。

ケンタ「じゃ、点数開示に行ってくるから」と学校に入っていった。その間に、私は信平さん、ジジババ、姉、会社のみんなに電話しまくった。

あぁ本当によかった。頑張ったもん。

超進学校、勉強一本で行く予定が、入学したら…

子育て最後だ、ＰＴＡ役員

ケンタ、志望校に合格。同じ中学から5人、しかも男子はうちの子だけ。中学校では、ケンタの口から、女子の名前を聞いたことがなく、私も女子ママ友が皆無。知り合いが0状態の入学式。終わってから保護者は教室に集合で担任の先生の挨拶。もちろん、クラスには誰も知っている人はいない。さてさて、時間のかかるPTA役員選出。

先生「どなたかやってくださる方はいらっしゃいませんか？　〇〇君のお母さんどうでしょうか？」「すみません、難しいです…」と皆さん。おそらく中学のときにPTA役員をした人は、高校に連絡がいっているのだろうか。誰も首を縦に降らず、ここぞばかりに下を向く。沈黙……先生も困っている。いつまで経っても帰れない、終わらない。

頼まれごとは試されごとby中村文昭さん（講演家）

小中学とPTA役員は大変そうなので、絶対なりたくないと避けていたけれど、これで子育ても終わりだし、進学校のPTAはどんなもんかな、親として体験してみようと意を決して、「私でよければやります」と手を挙げてみた。そこから、私もできます、僕も、とゾロゾロと決まった。ハイ、決まり〜。

1年生のときだけやろうと思っていたら、なんと、この高校は3年間やると後で知った。まっいいや。そんなこんなで、気楽に手をあげたは良いけれど思いのほか、集まりが多かったPTA役員3年間。普段、話ができない父兄の方、先生ともいろいろ情報交換でき、楽しいPTA役員生活を終えたのだった。

次男のケンタは、中1のときは兄のお下がりの学ランで入学式。高校の入学時も兄のお下がり。新品の学ランを着たことがない。でも、ここに執着はないらしく

「別にお下がりでいいよー」

高校の制服も、兄弟ともに、中学の学ランをそのまま着られたので、買うこともなく、2人で2着を着回して終わった。なんとも、親孝行の子どもたちである。そして、勉強1本で文科系のクラブに入ると思いきや、絶対に入らないであろうと思っていたソフトテニス部に、ある日、入部してきた。

マジか…文武両道の高校だけど、ソフトテニス部けっこう激しいぞ、大丈夫か？

東京へ家族旅行

ケンタも高校生活スタート。ソウも本来なら、高校3年生で大学受験だけど、大学行かない宣言をしたもんだから、勉強は関係ない。じゃ、東京に遊びに行こう！ということで、車で東京まで2泊3日の旅行を決行。

まずは浅草雷門。それから、明治神宮。参拝まで、2時間かかった。御朱印の列は1キロ以上も並んでいて、数時間待ちの人もいた。だって令和に変わったその日に参拝したから。なんてというタイミングだ。

東京にはいろんな人がいる。

全身シルバーに塗った人たち、全く動かなかった…いつトイレ行くの？？？マリオカート軍団？もいた。ヘルメットいらないんだ。これは普通免許なのだろうか。

我が家の旅行の基本スタイル、泊まるところはお金をかけない。食べるものは美味しいものを。子どもたちも、大きくなり添い寝もできない年ごろ。大人1人でカウントされるので、今回は外国人の人たちもいっぱい泊まるクチコミも良かったホステルへ。確か1人2750円だった気がする。いや〜〜〜、ここは流石に安すぎた、ボロ過ぎた。2段ベッドで、建物も本当に古い、そしてシャワー室も簡易的。日本人がまったく泊まってないような宿。しかも、隣の部屋が隙間から覗けるという…もう少し、ゆっくりできる所が良かったかなと後悔したけど、子どもたちにいろいろな経験をさせるという点では、最高にナイスな宿だった。

2日目は、信平さんとソウが好きな岡本太郎さんの記念館へ。芸術は爆発しまくりである。

築地や隅田川クルーズも行った。クルージングは、信平さんと私の結婚記念日のプレゼントに、社員やパートさんたちが少しづつ、お金を出し合って、プレゼントしてくれた「体験カタログギフト」で行った。旅館に泊まれたり、アート体験、パラグライダーなどたくさんあるなかで、クルージングを選んだ。私たちは本当に幸せものだ。

そして、どこに行ったって、ハンバーガーの研究は怠らないのである。舌の場所によって味を感じるセンサーが違う。苦み、甘み、うまみ、塩味、酸味。重ねる順番、大切。

2泊3日ぶりに帰宅。猫2匹を置いて、3日間家を空けたのは初めて。若干、家は乱れてはいたものの、お留守番できた様子。長いこと留守にしてどこ行っていたのよ…と言わんばかりに、こつぶは睨んでたっけ。

講話を頼まれる

そしてこの年、県の女性就業支援事業で、講話を依頼されることになる。しかも、弘前、青森、八戸の3ヶ所で50分ずつ。

えぇぇぇぇぇ〜、なんで私？大丈夫？

子育て、仕事、家事を両立しながらの県外出身で頼る人もいない中、どうやって乗り越えてきたか、心の変化などを赤裸々に話して欲しいと…

両立？してないけどー。手抜きもしたけどー。でもネタはいっぱいあるけどー。事件もいっぱい起こったけどー。どん底まで落ちたけどー。でも、なんとかなったけどー。

頼まれごとは試されごと。出来ると思ったからお願いされた、ハイ、喜んで。

移住者イベントでトークショー的なことや、他の団体で40分講話を2回させていただいたことがある。でも、それはもう少し気軽な感じ。

今回はまったくどうなるかわからない。しかも謝金が出るという、結果を求められる…いや、なんでも経験なのだ。これでいいのだ、私でいいのだ。なんとかなるのだ。

兵庫県にいたときは、想像もつかなかったことを経験させてもらっている。人生、何が起こるかわからない。

楽しんで、明るく、朗らかにいこう。

人の繋がりに感謝

八戸市、青森市、弘前市の順番で講話をすることになった私。上手くしゃべれるか。別の団体で、40分講話をしたときも、台本を作って登壇したけれど、まったく台本通りに進まなかった。思いが先に出ちゃって、追加で話しちゃう。結果、台本はいらないことに気づいた。話したい出来事だけ箇条書きにして、時間配分しながら話すことにした。

アウェイの八戸市が、トップバッター。新幹線だと座席に座ってビュー着いちゃうけど、車をチョイス。とにかく新幹線、電車が苦手。車の運転なら、休みながらどこまででも行く自信がある。2時間、車を走らせ会場に到着。エレベーターで会場へ。チーン、ドアが開いた。すると、ビックリ仰天、そこには知っている男性2名がいた。

えっえっえっ、何でー！

某銀行でとてもお世話になった次長と法人担当Oさん。えっ？意味が分からない…

「じゅん子さんが講話されると聞いたので、会いに来ました！」

嘘ーっ。

半年前にお2人は、弘前の支店から八戸の支店に転勤された。私が講話をするという情報をキャッチし、わざわざ会いに来てくださった。しかも手にはお花とお菓子。泣いてしまいそう…ていうか、泣きました。とっても大好きなお2人だったから。しかもしかも、女性就労支援企画なので、男性は会場には入れず、本当に激励だけして帰られました。勇気百倍、緊張もどこへやら～。トークは乗りに乗り、3箇所で一番上手く講話ができた。

お2人が以前いらっしゃった支店の支店長に連絡して、お礼を伝えたら、

「そんなことがありましたか！　うちの支店は、みんなそういう熱い者が集まっているんです！」とのこと。

今でもあのときのことは忘れません。

移住して、楽しい事、嬉しい事、辛い事、悲しい事、悔しい事、たっくさんありました。が、ここまでやって来られたのも、皆さんに支えられ、助けていただいたからこそ。

第十章

それぞれの道

東京でメッセンジャーになる

　社屋とカフェが出来て半年、春、夏と季節は過ぎ、裏の畑に初めて枝豆を植えた、それも無農薬栽培で。草刈りは、高校3年生のソウにお願いした。真夏の百坪の草刈り、なかなかハードな作業でも快くやってくれた。本人はただ、草刈り機を使いたいだけ、それでも助かる。

　高校3年生になり、大学行かない宣言発令中だったので、周りは大学受験ムードだけど、そんなのは関係ない。ロードバイクに相変わらず夢中である。でもそろそろ、卒業後どうするか考えなくては。

「わぁ、自転車の専門学校に行きたい」と、言い出した。ホームページをみたら、授業料がなかなかの金額。

「まずは資料請求して、どんな事をやるか調べてからプレゼンして」

「わかった！」

　資料が届き、1週間が経った。

「やっぱり辞めた、あんまり高度な事しないから。東京でメッセンジャーをしたい、ゆくゆくは自転車屋さんで起業したい」

と、言い出した。

「そもそも自転車屋さんで起業するためには、どんな道を辿れば良いか誰かに聞いたら？」

ということで、知り合いに地元の自転車屋オーナーさんや、東京でメッセンジャーを経験し青森県にIターンした人を紹介してもらった。後は自分で行動しなさい。お2人からいろいろ、東京のメッセンジャー事情について聞いた。

三者面談で担任の先生に、「大学に行かない、一般企業に就職したい」と、伝えたら、「大学に行かなければ路頭に迷う、もう少し考えろ」と
路頭に迷うだと…

「本当に良いのか？　大学卒業してから考えろ。お前の気持ちはわかる。先生もずっとバンドをしていて、プロになりたかった。ベッドにギターを置いて一緒に寝ていたくらいハマったが、今となってはその道に行かなくて良かった。悪いことは言わないから、大学へ行きなさい」だって。

先生としてはそういうでしょう。しかも一応進学校。そりゃ進学率、上げたいよ

ね。そりゃそうだ、同級生240人は、ほぼ進学、後は公務員。一般企業就職を希望したのは、ソウ1人だけだった。いくら言っても、ソウの気持ちは変わらずだったので、

「本人が決めたことなので、私たち親は応援します。大学進学はしません！」と伝え、

「では、お母さん、そもそも本校には本人の思うような求人がありません。自分で探すしかないですよ」と匙を投げられた。

ということで、東京の情報収集をし、受けたい会社をピックアップして、自分で東京のとある1社に連絡したら、求人は出してないけど面接しても良いとの返事。行動は早い。

「お母さん、面接に行くから、飛行機のチケット取ってくれる？」

「えっ？　なんで飛行機なん？　高いやん。夜行バスで行けばええやん。若いから大丈夫、大丈夫。一泊してきてもええし、朝着いて面接して、その夜の夜行バスで帰ってきてもええし」

「わかった、泊まらず帰ってくる」

8月2日、青森では各地でねぶた祭りでごった返す弘前駅。夜の22時に高校3年のソウは、1人で夜行バスに揺られて一生を左右する、東京西麻布にある会社の面接に出発したのだった。

東京面接

東京のメッセンジャーの会社の面接に、夜行バスで旅立ったソウ。

受ける会社は、社員50人、全体で200人、学生バイトの人たちがわんさかいる。ちなみに、メッセンジャーで働く人は個人事業主。頑張ったら頑張った分、収入が上がる。社保、厚生年金ではなく、国保と国民年金。んん〜、これは頑張らないと東京では生活できない。

「土日祝は休みみたいだから、もし収入が足りなければ、休みの日にコンビニでバイトする」と意気込んではいるものの、実際、高卒でいきなり東京で1人暮らし、掃除洗濯、お金もないので自炊は必須であろう。1日中、大都会の街の中を自転車に乗りっぱなしで、休みの日まで、バイトする体力があるのだろうか…

心配しても仕方がない。まずは面接をクリアしないと。履歴書はいらないと言われたそう。え〜いらないの？

「じゃ、スーツでなくても、ポロシャツかボタンのシャツでいいんじゃない」ということで、夜行バスに乗るときは短パンTシャツで、バスの中で着替える、歯磨きをするということで、荷物を準備し出発。無事到着し、面接。

「君、面白いね。応援するから来年の春から来てください。青森から来るっていうから、どんな子かと思ったけど、大学生みたいに落ち着いているね」

1時間くらいの面接かと思いきや、半日くらい社内を案内してもらったり、話したり。なんでも、20年前くらいに放映された草彅剛さん、飯島直子さん、ナイナイ矢部さんが出演されていた映画「メッセンジャー」のモデルになった会社だそう。そして、翌日の朝、オリジナルのメッセンジャーキャップもらって、ルンルンで帰ってきた。

「すごくいい人達ばっかりだった。分からないことは東京に来るまでに何でも聞いてくれたらいいし、部屋探しも一緒にするから困ったら連絡したらいいよって言われたよ」

憧れのメッセンジャー会社に内定が決まり、夢と希望に燃えていた。あの日が来るまでは。

私が一番度肝を抜かれたのは、面接に短パンTシャツで行ったこと……

えっえっエェーっ。短パンTシャツで面接受けたん？　母はびっくりである。

「だってさ、東京は本当に暑くて、長ズボンなんて履いてられなかった」て。凄いな。笑

正社員じゃないと免許が取れない

卒後後の進路が決まったということで、次は運転免許証。これがまた揉めた。担任先生「学校の求人で決まってないし、正社員じゃないから免許は、卒業するまで取れない」と。

正社員じゃないから？　意味が分からない…

内定をいただいた会社は、基本、ロードバイクでメッセンジャーの仕事だったけれど、バイク便もある。免許がないと困るのだ。卒業してから通い出したら、東京行くまでに間に合わない…

私は先生に何度も電話し、お願いした。上京までに免許取れないと仕事に影響があることを伝えたが、先生は、「校則なので」の一点張り。やれやれ。

結局、最後のテストで赤点を取らなければ、特別に冬休みから教習所に通っても良いと許可が出た。

これは緊急事態である。高校入学して、すぐに勉強への熱意がだだ下がりしたソウは、後ろから数えた方が早い順位。赤点も取りまくりだった。このときばかりは、猛勉強をしたソウ。

「いままで一番、今回勉強したよ」と自慢げに話した。えっ、高校受験よりも?

そもそもテスト結果を待っていたら、冬休み突入してすぐに予約できないではないか、間に合わない。一か八か、教習所の担当の方に説明し、許可が出る前にもう予約しちゃった。スムーズにいけば2月半ばには取れずはず。

そして、ソウは鼻が1年中、詰まっていて頭がボォ~とするらしい。蓄膿か、アレルギー性鼻炎かと思っていたら…鼻の骨が歪み、粘膜が腫れていた。鼻の空洞がない、そりゃ詰まる。耳鼻科の先生がレントゲンを見た瞬間、「うわぁ、これは酷い…手術したら通りが良くなって、薔薇色の人生だと思いますよ〜」ということで、鼻の骨を真っ直ぐにする手術、粘膜を取る手術を東京に行くまでに急遽やることに。卒業式は3月7日、手術は3月8日。

看護師さんが「卒業式の翌日なのに大丈夫？　余韻に浸らなくてもいいの？」学校が嫌で仕方なかったから、そんなのはいらない、サッサと卒業したいのである。

ということで話は戻り、なかなかテスト結果が出ず。明日が教習所の初日という日。ダメならキャンセルしないといけない、どうなる、どうする。

昼下がり、学校から電話あり「お母さん、今回は特別に許可が下りました。特別なので誰にも言わないでください」と念押しされた。もうここで言っちゃったけど。笑

「それにしても、今回のテスト頑張りましたよ〜。こんなに点数取れるんですね。コンスタントにこの点数とって大学行って欲しかったな〜笑」と担任の先生。

そりゃそうです…私も思います…

支配からの卒業

さてさて、自動車教習所に通い出したソウ。

ロードバイクに乗っていたからか、スピード感、車間距離など得意なのか安定の教習所生活。スイスイとストレートで合格。青森の教習、雪国なので当たり前ですが、12月末から3月末まで雪道。停止線、見えな〜い。

そして、雪国ネタでいえばもうひとつ。衝突被害軽減の車に乗っても、冬は意味がな〜い。スッテーンと滑り出したら誰も止めれな〜い。雪道の状態まで計算してくれな〜い。

免許は取れたけれど、卒業してから乗るのが条件。

卒業式当日。信平さんと参列しました。嫌で嫌で仕方なかった高校生活。休みながらもよく卒業まで頑張りました。

中学校の卒業式では女子より号泣していたソウでした。高校は辞めたいくらい嫌いだから、あっさりしたもんだろう、と思っていたら……

うそ？　えぇ？？？　めっちゃ泣いてるーっ。

頑張ったもんな、うん。本当、感情豊かな子です。あんな大勢の中で男泣きできるってカッコイイ。外で待っていたら、ケロッとしていたけど。嫌で仕方なかった高校生活、3年間通った証。記念に校門の前で記念撮影して、さようなら。

さて、翌日はいよいよ鼻手術です。18歳にして、5度目の手術。骨折手術3回、扁桃腺の手術1回。本当に病院にお世話によくなる子でした。

出版によせて② 次男（19歳）より

母が投稿してきた記事が、このようなかたちで出版されることをうれしく思います。移住についての本やブログなどはすでにいくつか存在するとは思いますが、この本はそれらの中でもユニークなものであると思います。なぜならただでさえ波乱に満ちた移住生活が、母の特異なリズミカルな文章によって母の視点から語られているからです。それと同時に、ひょっとすると本書を読み進めていく上で形作られる僕の人間像と、実際の僕の印象とに多少の齟齬が生じる可能性があることをご理解ください。これは母の巧みなストーリーテリング力の副作用なのです。

そんなことを思いつつも、これまでの十数年間を振り返って何か気の利いたコメントをとは思いましたが、それはとても難しいことであるとすぐに気付かされました。僕が生まれる頃にはすでに両親は移住していましたし、物心ついた頃にはあの社宅に住んでいました。両親が移住したのだと実感させられるのは、同級生よりも飛行機に多く乗る機会があったということぐらいでした。ですから、僕からは青森の暮らし、そしてこの家族のもとで育ったことがどのように僕に影響を与えたのか、具体的に述べることはできそうにありません。しかしそれらは、今後の僕の人生の中になにかしらのかたちで現れてくるものなのかもしれません。僕自身もそれがどのようなものとなるのか、楽しみにしています。

人生5度目の手術

人生5回目の手術、鼻の骨を真っ直ぐにして、腫れ上がった粘膜の除去手術。信平さんも、この手術を受け、人生薔薇色になった1人。

青森県弘前市は、弘前大学医学部があるからか、病院の数がやたら多い。大きな病院から開業医までたくさん。選択肢もいっぱい、車で15分圏内に、手術・入院できるところもたくさん。住むには本当に便利な街。今回、お世話になる病院も車で15分、子どもたちが一才の頃からお世話になっている小児科耳鼻科病院。旦那さんが耳鼻科の先生、奥さんが小児科の先生。この病院は、先生はもちろん看護師さんもハートフル。我が家は幾度となく助けられた。

仕事が大好き耳鼻科の先生は、12時から15時の中休みに手術をしちゃいます。

さて、当日10時に病院へ。説明を受け、着替えて麻酔。12時半には手術室へ。無事、終了。部分麻酔なので、歩いて2階の病室に。看護師さんに両脇を抱えられ上がってきましたが、麻酔はまだ切れておらず朦朧状態。

まずはベッドへ。晩ご飯を食べて、帰ろうとしたら、ぼそっと18歳が言った。

「お母さん、今日泊まってくれない？具合悪くて心配だ…」

と、いうことでお泊まり準備もしていなかったけれど、急遽付き添うことに。2人部屋でベバッドが空いていたため、寝床を準備していただき、看病。一緒にいれるのも1ヶ月もない、存分に看病してあげましょっ。

付き添いして正解。夜中ずっと、お水飲みたい、暑い、気持ち悪い、吐く…

翌日、先生の診察。

「いや〜酷かった。今までしんどかったね〜。これから人生薔薇色だから。手術も今までで一番完璧に出来た！　笑」※先生は関西出身、ノリで言ってます。

人生薔薇色、どんな感じかというと、今まで鼻が詰まり脳への酸素がたらずボォとしていたのが、貫通したことにより、いつもスースーするガムを噛んでるような気分。口呼吸から鼻呼吸へ。

同じ手術を受けた信平さんが一言「学生時代、ずっと頭がボォとしていた。あのときこの手術受けていたら、東大に行ける自信がある、笑」って言ってたっけ。2人とも鼻づまりに悩まされた人生から解放、お疲れさま。

そして、東京への旅立ち準備。住むところ、諸々の買い物、水道、電気、ガスの契約などなど、鬼忙しくてなってきた。

残り1ヶ月も一緒にいれない…

鼻の手術が無事終わり、1週間後には晴れて普通の生活になりました。東京への出発は、3月29日。初心者マーク・ソウの運転で家族の時間を楽しむの巻。ドキドキするー、安全運転で行ってー。んん？けっこう上手いじゃん。初めての運転は片道1時間、浅虫まで。

青森に移住したときは生後5ヶ月だったソウが、免許を取って車を運転している。時が経つのは、あっという間。いや、全然あっという間じゃない。ホントいろいろあった。無事、18歳まで育ってくれたことに感謝。

そして、この頃　コロナウィルスは急速に広がり、安倍総理によるいきなりの休校宣言。ケンタ、高校一年生の3学期から4月末まで、自宅待機。

東京生活の準備、カーテン、炊飯器、バスタオルや洗剤、食器などなど買い揃え、大きなものは現地で受け取り、水道、電気、ガスも現地に行ってから契約する事に。出勤初日は、4月8日。

3月29日、車にロードバイク2台と細々荷物を積んで、信平さんと3人で出発することにした。ケンタは留守番。アパートの契約は東京に着いてからにして、ソウが服をスーツケースに詰め始めた。あ〜ぁ、行っちゃうのか。寂しいな…

そして人生を変える、あの日が来る。

東京出発2日前のあの日

荷造りもほぼ準備できた、東京出発の10日前。青森県はコロナ感染症がずっといなかったけれど、ついに八戸市で感染者が出た。あの日から目まぐるしく状況は変わった。いつかは、感染者が出るだろうから仕方がない。感染者の方は、あることないことSNSで書かれ、噂され、叩かれた。経営者だった感染者の方、会社の窓に石を投げられたという噂まで聞こえてきた。真実は誰もわからない。この状況で、信平さんと私が息子の引越しのために、おめおめと東京に行くのはどうなのだろう…仕事ならまだしも。もし、感染してしまったら会社のみんなにも迷惑をかけてしまう。小児喘息があったソウ、感染すると命も…でも、母としては行かせてやりたい。

自分で掴み取った夢の第一歩、東京でのメッセンジャー。家族会議で、私たちは行かずに荷物は全部送って、ソウだけで行くことにした。でも刻一刻と状況が変わり、東京の感染者も増える一方。医療関係の方にも相談した。「喘息があるのであれば、行かせるべきではない。縛り付けてでも止めた方が良い」とアドバイスされた。もし、もし、感染してＩＣＵに入ってしまったら。面会もできずにそのまま…。

ソウに、今の状況を説明し、行くことがどれだけ危険か、落ち着いてから行ってもいいんじゃないかと説得した。もし、１年遅れても一生のうちのたった１年。いつでも取り返せる。感染すれば命も危ないということ。

「感染するわけがない、若い人は感染してないじゃん、大丈夫だ。死んだって良いから行きたいんだ！」

これはダメだ、判断できない状況だ。

「コロナでお父さん達の会社もどうなるかわからない。だからお前には側にいてほしい」と、信平さんは、父として向き合い、話した。

ソウは何も言わず静かに、自分の部屋に入っていった。

苦渋の決断

部屋に入ったソウが、暫くして出てきた。

「わかった、東京へは今は行かない」

スーツケースに詰め込んだ服を出し始めたソウ。辛いけど、命より大切なのものはないいんだ、わかってくれ。落ち着いたら、いくらだって東京に行けば良い。

就職先へも伝えたら、

「仕方ないね。ご両親の気持ちもわかるから、青森でバイトして、経験を積んで東京に来ればいいよ、待ってるから！」と内定を保留してくださった。

青森にいると決めたら、ボォ〜とするわけにはいなかい。バイトだ、バイト。車はないから、自転車で通える短期のリンゴ詰めの仕事を始めた。３ヶ月の短期バイト、一生懸命仕事をしたけれど、社長は従業員さんに挨拶もしない、高級車を乗り、従業員は最低賃金。「お父さんの会社とは随分雰囲気も違う」ソウは、違和感を感じ2ヶ月で辞めた。

次のバイトをするにも、いつ東京に行くかわからない人を誰が雇うだろうか。まず、採用しない。そして、自転車だけでは行動範囲も狭い。

1年間は青森にいることを条件に、車の購入を提案した。もちろん、車の購入代は立て替えるけど、バイト代で返済することが条件。知り合いの車屋さんから、30万円で車を購入し、ずっと働いてみたかったガソリンスタンドが次なる職場となった。

自転車はもちろん大好きだけれど、小さい頃からトミカが大好きだったソウは、自転車と同じくらい車も好き。ガソリンスタンドで働くにつれ、今度は車に興味を持った。社交的な性格で、積極的にお客さんに話しかけ、同僚の人も恵まれ、仕事の中でやりがい、楽しさを見つけていった。

その場その場で楽しみを見つけ、人に溶け込けこむのが得意。好きな事にはトコトンのめり込み、人に可愛がられる。のめり込み様は半端なく、ある意味、才能である。オークションで、シート、ライトなどを購入しては、自分で取り付ける。乗るのも好きだけど、いじるのも好き。

そして、1年が経ち、まだコロナも収まらず、上京を取りやめて1年半経った頃、あまり自転車に乗らなくなったソウに聞いてみた。

「まだ東京に行く気持ちはあるんか?」

「ううん、もう東京には行かない」

自転車の熱は冷めたようだ。「死んでもいいから行きたい」と言ったのに。女心を秋の空というけれど、10代の心のも秋の空、あっさり心変わり。それならば、バイトではなく、正社員で働いた方がいいんじゃないか。

尊敬する自動車会社の社長さんに、カクカクシカジカ。うちにはこういう息子がいます、一度面接してもらえませんか? と信平さんが、お願いした。

いざ、忖度なしの面接。従業員さんも多く、人材育成にも力を入れてらっしゃる会社さん。親の私も緊張しちゃった。

面接から帰宅。「こんなこと話した、こんな質問あった、最後に車をチェックされたよ」とのこと。自分の車を綺麗に大切に乗っていない人は、お客さまの車も大切に出来ない、感動を提供できない、との考え。ものを大切に出来る人は、人も大切にする。

面接の最後に、

「いつから来られる？　この後は、お父さんお母さんは抜きでやり取りするから。いまの勤めている仕事先にも、迷惑をかけないように辞めなさい。」と。

後日、お会いしたときに、何も教えられてないので未熟ですが、ビシバシと厳しくお願いします、とお伝えしたら、

「息子さんを本当の男にするはんで、任せろ！　大切な息子さんを預かった！」

本当に有難いの一言。

たくさんの人に井上家は、本当に助けてもらっている。家庭で教えられる事は限られていて、世の中の人に育てられることもたくさんある。逆もあり、一緒に働く若い人たちに、家庭では教われなかったこと、体験できなかったことを教えてあげられたら本望。そして、私たちが教わる事もいっぱいある。自分の価値に気づき、みんながやり甲斐を持って、楽しく仕事ができること、足りないところは補い合って、１＋１＝３になれば、最高。自分の長所を生かして、周りに与えることができれば最高。

学校辞めたいパート2

ソウが転職するかどうかのころ、今度は高校2年の次男ケンタが「学校辞めたいんだけど」発言。

なんで？

「学校を辞めて、高校認定試験を受けて、大学受験する。学校に行きたくない、面白くない、行く時間がもったいない。図書館で自分に必要な勉強をしたい」と言い出した。

いやいや、待て。落ち着け、ケンタよ。確か、このフレーズはソウが高校2年のときにも言った。進学校に通っていたケンタは塾へは通わず、今どきのネットのオンライン授業を受けていた。

ケンタは中学生のときから、大学の志望校を決め、着々と勉強していた。「素粒子の研究がしたい。大学院にも行きたい、留学もしたい。」と、早くから、1本に目標を決めていた。

家族で出かけるときも、車の中で勉強。「遠くに出かけるなら行かない、家で勉強する」と。家族旅行もキャンプも、行くけど道中は勉強していた。母「いや、あかん。心変わりしたらどうするん？高校を卒業して、大学目指せばええやん」

学歴のない私は、わざわざ進学校を辞める意味が分からない。

次男「いや、絶対に心変わりはしない。じゃ、休学する。春まで休学して家で勉強してみて、もし学校に行きたくなったら復学する。今から休んでも出席日数は足りるから」

母「いや、復学して一つ下の子たちと通えるか？その覚悟あるか？」

次男「大丈夫」

母「いや、地元の学校で同じ中学出身の子もいるのに大丈夫か？」

ここで、信平さんが言った。

「お父さんは、お前は恐らく目標を立てて、きちんとやりきる、やると思う。学校を辞めても辞めなくても、どっちでも良い。でも、お前の大好きなお母さんが反対している。大好きなお母さんのことを悲しませることをしたらあかん。どうしても辞めたいなら、お母さんを説得して辞めなさい」と。

それから、ケンタは辞めたいと言わなくなった。

高校を辞めたいと言い出したケンタは、2年生の1月に部活も辞めた。本気で大学受験に向き合うために。辞めるときに顧問の先生に「途中で部活を辞めた者で、志望校に合格したものはいない。そこまで本気なら、志望校は絶対に変えるな」と、若干の圧をかけられた。

そこから、学校をたまに休むようになった。兄のときと同じように、ちょうどよく週1回のペースで微熱が出たり、頭が痛くなったり、具合が悪くなるから、すごいものである(笑)。具合が悪いっていうんだもの、疑わない、お母さんは最大のイエスマン。微熱の日は、コロナ感染症の影響で公休になった。なので、なぜか、頭痛より微熱が多いケンタであった。仮病かどうかはもう時効。いつも学校にかけるのは母の役目。休む頻度が多くなり、

先生「最近、お休み多いですね。大丈夫でしょうか？病院に行かれていますか？」

私「今日1日休んだら大丈夫です…」

そんなこんなで、3年生に上がり、本格的に受験モードの学校生活。志望校別に放課後、夏休み講習もあり、ケンタにチラッと聞いた。

「ケンタ、もう学校辞めたい気持ちはないんか？」

「ないよ、今の高校、受験のサポート体制が充実しているから辞めないよ。ちゃんと卒業もするから」と。なんだったんだ、あの辞めたいモードマックス何処へ…。

親は子どもを信じて、最大限応援すること。

共通テストと妥協はしない

夏が過ぎ、秋が過ぎ、冬が来た。

休学せず、よくぞここまで来たぞ。共通テストは私の誕生日の1月15日。誕生日パーティどころではない。まずはここをクリアしないと2次試験、志望校を受けることが出来ない。

次男ケンタの目指す大学は、私が逆立ちしても絶対無理、10年20年受けても合格出来ないであろう超難関大学。私のお腹から生まれてきた?と思うくらいである。いや、安心してください、私ちゃんと産みました!

ケンタ「お母さん、受験のときについて来てね、交通手段とかご飯のこととか考えたくないから」

私「えっなんで？お母さん、地下鉄も電車も苦手やで〜役に立たんと思うけど〜」

ケンタ「良いから、一緒に来ればいいんだってっ！」

お母さんの事が大好き、一緒にいるだけで安心なんだな、ふふ。

冬が来て年が明けて、さぁいよいよ願書提出。国立大学一本、ほかに行きたい大学がない。だから、私立大学も後期も受けない。そもそも、私立に行かせるほどの経済的余裕は、私たちにはなかったけれど。

模試はC判定。「ひとつ落としてA判定の大学にしなくてもいいの？」と聞いたら、「一回妥協したら妥協の人生が始まる、絶対に落とさない。もし、ダメなら一浪してまたチャレンジする。予備校も行かない、宅浪する。でも僕は受かるつもりでいる」と決意は固かった。

我が息子ながら、かっこいい。共通テスト初日、東大の受験会場では、ナイフを持った生徒が受験生を切りつけた事件があった。試験が終わり、帰りの車の中で、ケンタと2人。

「お母さんは、ケンタがどこの大学に行ってもいいし、行かなくてもいい。元気で生きてくれていたらそれでええから、受験がすべてじゃないからな」と伝えた。

ケンタは「で、今日の晩御飯なに?」と、スルーした。お母さんの熱い思いの返事はなかった。まっ、こんなもんだ。

そして無事、共通テストで合格ラインの点数を取れたため、志望校に願書を出した。

進路指導の先生より、「お子さんが受験中に、親御さんはアパートや寮を仮契約してください。合格してからでは良い物件はないですよ」と、アドバイス。そうなんだ、知らなかったな。ママ友に聞いたら、受験当日までにネットで物件をピックアップして内覧アポ取らないと、契約まで出来ないよ」と。そうなんだ、聞いててよかった…

ケンタは勉強に集中、母は物件探しと内覧アポ、そして死活問題の奨学金の申込など、一気に忙しくなってきた1月。受験中に物件を決める?私の一存?直感で???責任重大、無理ー。結局、信平さんも一緒に行ってもらい、長男ソウは仕事があるので留守番、3泊4日の半分お受験、半分夫婦旅行になりました。

いやはや、大学に行ってない私は、すべて初めて物語。受験料、受験システム、学科、入学金、奨学金、授業料などなど、知らないことばかり。奨学金のことも凄く調べ、財団の給付型奨学金があることも知った。

雪降る青森を出発して、いざ！

両親、姉、知人、たくさんの方から学業の神様のお守りをいただいた。10個以上はあったのでは？いつもお参りしている神社にも参拝した。

自分の出世や私欲のためではなく、「みんなの役に立つために、研究したい」という18歳の我が子を合格させずにどうするんですか。神様どうかお願いします。ここまで来たら、神頼みしかないのです。ご先祖様にお願いしかないのです。

前泊し、会場の大学も下見、学業の神様にもお参りした。やれることは全部した。

受験当日は、ホテルから3キロ離れた受験会場の大学へ、タクシーで行こうと思っていた。朝、ホテルの人に聞いたら、「前もって予約しておかないとつかまりません。皆さん、そうされています。今日は難しいんじゃないでしょうか」

えぇーっ、知らなかった。ホテルの方がタクシー会社に電話してくださるもまったく予約が取れず、焦る親子3人。外に出てつかまえるしかない。でも、通るタクシー全て配車プレート。ヤバいっ。これは3キロ離れている試験会場までダッシュか。そうこうしているうちに空車の文字が。私は、「止まってー」と、道路に飛び出した。

神さま、ありがとう。やっと乗れた。

タクシー運転手さんに、カクカクシカジカ、遠く青森県からの受験であることを伝えると、

「大丈夫です、きっと受かります。私の兄はお客さんが受験される大学の出身です、教授も沢山いままでお乗せしました。ご縁ですね。京都はとても良い街です、学生生活を送るのにおススメです。どうぞ頑張ってください。」と、とても気さくな運転手さんで、一気に私たちは緊張が和らいだ。

校門の前で下車、ものすごい数の受験生。しかも理学部だけでこんなにいるの？

続々と受験生が門をくぐる。

「お前なら大丈夫や、お母さんは信じとる。落ち着いて頑張ってこい！」と次男の背中を押した。私は、心臓がバクバク止まらなかった。

ケンタは「行ってくるから」と、歩いて行った。信平さんは、ただ祈るばかりで見送った。そして、ケンタが生まれてから今日までのことが、走馬灯のように込み上げてきた。ケンタの背中を見ながら、私は泣いてしまった。

姿が見えなくなり、親の務めのアパート探し。大学付近は、不動産屋さんの呼び込みだらけ。こんな感じなんだと横目に見ながら、アポを取っていた不動産屋さんへ。１件目、条件もよく住宅街で静か、まだ賃貸中のため、中は見られなかったけれど、大学から８５０ｍ、決めた。仮契約して午後は京都観光。

ケンタ「試験の出来が悪かったら、落ち込んで泣きながら帰ってくるから、お母さんたちは迎えに来なくていいから、どうだったかも聞かないで」

私たちは、ホテルで首を長くして待った。

ガチャ、「ただいま〜。」

超ご機嫌のケンタ。かなり手応えありの様子。「じゃ、せっかくやで美味しいもの食べに行こう。腹が減っては戦はできぬやから」と私。

「お父さんとお母さんは、どこかで食べてきて。勉強したいから」と、そりゃそうだ。呑気に外食している場合じゃない。ホテルの前のチェーン店で牛丼をテイクアウトし、信平さんと私は出かけ、なるべく遅くホテルへ戻った。

玄担ぎを大切にする男、ケンタ。絶好調だった1日目と、全く同じものをコンビニで買い、受験会場へ向かった。2日目も無事に終わり、総合的には手応えは55%。あとは結果を待つだけ。

試験が終わってもケンタは大学入学後の勉強を始めた。私だったらまずはゆっくりして遊んじゃうけど。

卒業式、コロナ渦で保護者は1人だけ参列可能。参加できない父兄はYouTube配信。信平さんはパソコンの前で参加。卒業式を終え、車に乗って帰ろうとしたら、スマホをなんかいじっている。

「なにしとん?」の私の問いに、ケンタは無視。

すると、尾崎豊さんの「卒業」が流れてきた。そのときの、次男のドヤ顔は半端なかった。学校を辞めたいと言いだした高校2年生、まさに支配からの卒業。

お母さんが報われた日

合格発表は、２週間後。

珍しく長男ソウも残業がなく、家族みんなで晩ご飯を食べていたある日、信平さんがケンタに

「なんで、お前はそんなにストイックに、頑張れたんだ？　中３からずっと、頑張っている。なんで諦めずに、頑張れる？　その支えはなんだ？　もしかして、お母さんか？　お母さんの料理か？」と不意に聞いた。ケンタは静かに「そう、お母さんの料理が楽しみで、支えだった。頑張れた」

泣ける……めちゃくちゃ嬉しかった。

ケンタは二言目には「今日の晩ご飯なぁに？」だった。朝、バス停に送るときも。車の中で、「今日の晩ご飯はなぁに？」だった。私は決まって「いま、朝やで〜まだ考えてないわ〜」だったけれど、そんなに楽しみにしてくれていたんだ。

決して社交的ではない、口数が少ない次男は、私だけにはたくさん話をしてくれ

た。私はおっちょこちょいで、どこか抜けている性格、でも明るさは誰にも負けない。そんな私をイジることが生き甲斐のように楽しんでいた。大好きな子をイジるように。笑

高卒で進学校でもない、学歴もなく、勉強嫌い、たいして頭がいいわけでもない私。ずっと劣等感だった。そんな私が、超難関大学を受けるような息子の支えになった。

私は食を大切にしている。なるべく手作り、なるべく添加物は少なめで愛情たっぷりの料理を作ってきた。それは主人を始め、長男、次男が美味しいと食べてくれる顔を見たいから。食べ物で身体は出来ているから。

母親の役割は、愛情をたっぷり注ぐこと、子供たちを信じること、いつも味方でいること、そして明るい家庭を作ること。私の母親がそうだったから。母の周りにはいつも、たくさんの人がいた。いつも家に誰かが来ていた。母は早くに父を事故で亡くし、中学を卒業後、妹と弟を高校に行かせるために働いた。苦労してきた人。でも、母に八つ当たりをされたことが、私は一度もない。私もそうありたいといつも思っていた。そして、ソウとケンタに、

「お母さんは、2人とも1人の人間として尊敬している。それはお母さんに出来ないことをやってるから。お母さんは2人ともことが大好きや。これからもずっとお母さんは、2人の味方だから」と伝えた。息子たちも涙。

そして3月10日、いよいよ合格発表。

会社の朝礼に幾度となく参加し、夏休みなどは、大人の私たちに物理の授業をしてくれたり、スタッフのお子さんに勉強を教えたりしていたケンタ。会社のみんなも仕事を中断し、合格を祈り、発表を待っていた。

大学のHPにて、12時ジャストに公開。ケンタは2階の自分の部屋、信平さんと私はリビングでパソコンの前に正座。全然、繋がらない。スマホでも繋がらない。2階からドドドドドドーっ、とケンタの階段を駆け降りる音。リビングを出る、階段途中にいたケンタ。

「合格したよ！」

「やったーすごい、すごい、すごい、よかったな、ほんまよかった。頑張ったもんな」と、思わず18歳のケンタに飛びつき抱きついた私。

恥ずかしそうにしたケンタ。

「こんなときくらい、抱きついたってえーやん！」

照れながら、私に手を回してくれた。

巣立つ

興奮冷めやらん合格発表の翌日。一気に忙しくなった我が家。受験票を仮契約している不動産屋さんに提出しているので、すぐに本契約の連絡。嬉しい反面、あと1ヶ月で家を出ちゃう。

あぁ〜寂しい。

発表までは、「神様、寂しいのは我慢するので、どうか合格させてやってください」と祈っていたのに、困ったもんだ。いや、ケンタが本当にやりたいことを見つけてくれた。喜んで子離れしようじゃないか。

アパートは内覧してないので、いかんせん、部屋のもろもろの寸法がわからない。洗濯置き場も、台所も、トイレも。アパートの入居可能日は4月6日から。入学式は4月7日。

他の子たちはすでに引っ越しして、入学式前に健康診断や手続きを進めていたけれど、早く行ってもアパートに入れない。結局、布団やバスタオルなど最低限のものだけを、ネットで購入し4月6日の午後着にした。私とケンタは6日のお昼着に京都駅に着き、ケンタはそのまま、大学へ。健康診断や登録などに向かった。私はというと、なぜかケンタのスーツケースを持たされ、私の分とスーツケース2つ。不動産屋さんで、鍵を受け取り1人でアパートへ。続々と青森から送った段ボール10箱、ネットからの荷物、部屋の中は段ボール20箱くらいになった。

これ、終わるの〜?

私は、5日間引っ越しオバさんと化した。1日目、クタクタに疲れていたところに、健康診断と登録を終えたケンタが帰宅。洗濯機、冷蔵庫、もろもろ注文して、買い物に行くにもタクシーか徒歩。こりゃ大変だ。レンタカーを借りようかなと思っていたら、実家の両親が、「1人で大変やろ? 明後日、手伝いに行こうか?」と連絡をくれた。

御歳77歳の父、74歳の母、そして車の運転はお任せあれのバス運転手の叔父69歳が3時間かけて来てくれた。本当に有難い。

そんなこんなで、7日は入学式。父兄は会場に入れず動画配信。午後は早速、授業。私は黙々と部屋を整えた。コロナ禍で2年半、帰省出来ずにずっと会えなかった両親にも会え、ケンタと2人きりの5日間、満喫した。寝るときは照明を落として、クラシックをかけて本を読むケンタ。

「お母さん、トイレの電気つけっぱなしだよっ！　電気代もったいない！」と叱られた。また、アパートなので隣の音がけっこう聞こえてくる。

私、声が大きいのです、内緒話ができないのです。5日間で何十回と、「お母さん、声が大きい、隣に聞こえるでしょっ」と叱られたり。スーパーに買い物行って、冷蔵庫をいっぱいにしたり、激狭キッチンで料理を作ったり。4泊5日でケンタと飽きるくらい一緒にいれて、本当に楽しかった。寂しいという気持ちは減り、少し子離れできたかも。

さて、青森に帰るか。

最終日、近くで一緒にカレーうどんを食べて、タクシーで京都駅へ。こんなときに限って、すぐにタクシーがつかまっちゃうもんなぁ。「じゃ、お母さん帰るから、なんかあったらいつでも連絡するんやで」と、乗り込んだ。余韻を楽しみたいのに、空気を読まないタクシーの運転手は出発。振り返ったら、ケンタが1人歩いて帰っていった。やっぱり泣いてしまった。知らない土地で今から1人で生活、大丈夫かな、寂しくないんかな。姿が見えなくなったケンタから、バイバイのスタンプ。

陸続きの京都でもこれくらい寂しいのに、信平さんを高校卒業後にアメリカの大学への進学させた義父母は本当にすごいと思う。今でこそインターネット社会で、メールもテレビ電話もできる時代。今から30年前の日本はインターネットもメールもなく、国際電話料金はとても高い時代だった。自分達の寂しさを見せず、子どものやりたいことを全力で応援した義父母を、私は本当に尊敬している。

京都を出発し、伊丹空港、青森空港、そして車で帰宅。疲れと寂しさで、ケンタにまったく連絡してなかったら、「ちゃんと青森に着いたの?」のLINEがきた、優しい。街を歩くときも、「お母さん、危ないからっ」と守ってくれるケンタ、それぞれの場所で生活が始まった。

子育てからの卒業

ケンタが家を出て、寂しく寂しく泣いてしまうかも…な〜んていう心配ご無用だった。週1回LINEのTV電話をしてくれた、半ば母の強制のもとに。笑
なんでも考えて行動するケンタ。最初は学食だったけど、いまは完全自炊。この間なんて、ルーを使わずカレーを作ったそう。4月に1人暮らしを始め、6月に信平さんと早速、様子を見に京都へ行った。毎週、テレビ電話をしていたので、まったく久しぶり感がなかった。笑
2ヶ月ぶりのアパート、とても綺麗にしていた。部屋の所々に工夫が見され、青森のケンタの部屋は、相当散らかっていたけれど、環境変われば違うもんだ、ちゃんとできるものだ。普段、美味しいものを食べてないだろうから、いっぱい食べさせた。レンタカーを借りて、伊勢神宮にも行った。
夏休み、ゼミとかあるから面倒くさい、帰らない、といったケンタ。
「そんなん許さ〜〜ん。いま飛行機取るから!」とテレビ電話中に予約し、やっとこさ、お盆を挟んだ2週間の帰省を約束させた。全然、子離れしてない私。

「帰ったときは、メンチカツと春巻きも作って。あとは〜」と、いっぱいリクエスト。忙しくなりそうだ、嬉しかった。結局、コロナ感染者も増えてきて、ゼミもなくなり「仕方ないからあと2週間、いてやってもいいよ〜」なんて、偉そうに言っちゃって。

1ヶ月間、青森生活をして、京都に帰った。でも、出張のついでに、また10月、信平さんと会いに行った。結局2ヶ月に1回会っている。

ケンタが大学に合格して、1人暮らしになって変わったこと。すごく話すようになった、笑顔がすごく増えた。中3から頑張り続けた4年間、やっと自分のやりたいことが、思う存分できる、自分の場所を見つけることができたからかな。

そんな笑顔でたくさん、話してくれるケンタを見ているのが、本当に幸せ。

21歳になった長男ソウは、相変わらず車に夢中で、20数年前のスバル・インプレッサを購入し、ネットで中古部品を買っては、自分でいじってニヤついてる。ほ〜んとに楽しくて仕方ない様子。車に興味のない若い人たちが増えているけれど、珍しい。

信平さんと2人で出かけることが最近多くなっても、料理が得意なソウは自分で晩ご飯を作ってくれるから、気にせず出かけられる。ケンタの送り迎えもなくなり、私は、自分の時間がいっぱいできた。青森に移住してもうすぐ21年、南京錠のボロ家、玄関には雪が舞い込み、牛乳に水をまぜていた貧乏生活。パート勤めをしながら自分のことは後回し、家族のために生きてきたけれど、これからは、少し自分の喜ぶことをしたいと思う。

去年の誕生日に信平さんから、誕生日のおめでとうメッセージ

「46歳、誕生日おめでとう。信平号に乗って20年。さぞかし乗り心地が悪かったことでしょう。地味なことばかりさせてゴメンナサイ。これからは、お前も活躍してほしいと言ってくれた。

地味なことだなんて思ったこと、一度もなかったけれど、そっか、私もキラキラ輝いても良いんだ、とワクワクしている。子育てから卒業したい今、私は清水の舞台から降りる気持ちで、この本を書いている。

出版によせて③　主人より

この度、妻が我が家の21年間を一冊の本にまとめてくれたこと、そして出版にあたり多くの方々からご支援をいただいたことに心から感謝いたします。井上家の歴史が国会図書館に保管されるとは夢にも思っておりませんでした。

青森移住言い出しっぺの私は、数々の不思議な体験をしました。

「なぜ青森だったの?」「二枚のねぶたの写真がきっかけです」

「岩木山を知っていたの?」「移住初日に初めて見ました」

「よく移住しましたね」「自分でも不思議です」

「岩木山の絵、ステキですね」「手が勝手に動く感覚です」

「飲食店の経験はあったんですか?」「全くありません」

もし考えて行動していたら、このような人生にはなっていなかったと思います。考えているようで実はその時その時に浮かんだことをただ素直に行っていた感じでしょうか。自分ではハンドルを握らず流れに身を任せ、まるで笹舟のように。だから客観的に見ると「岩木山が、兵庫に住む私を必要として呼んでくれた。ただ呼んでも来ないのでねぶたの絵を見せた」ということになるんでしょうか。来いと言われて来てみたらいろんな珍道中が待ち受けていましたが、結果的に家族の結びつきは強くなり、皆が成長して生きて来れたと思います。こんなオンボロの船に乗ってくれた妻と子どもたちを感謝して抱きしめたい。そして、井上家を日頃から支えてくださっている仲間も感謝して抱きしめたい。これからは、井上家が世の中の役に立つことを誓い、出版にあたっての言葉とさせていただきます。

あとがき

「本を書いたら」って言われてから、10年が経った。そのときの私は、遠う世界のこと、自分には無縁の話と思っていた。

27歳のあのとき、深く考えずに移住を決意した私に言ってあげたい、「よく、思い切ってついてきた！」と。若さゆえの勢いで移住したものの、本当に振り返るのにはまだ早いかもしれない。でも振り返らせてほしい、いや〜人生は本当に面白い。

青森に移住して、すぐお世話になった借家の大家さん、母親教室で仲良くなった友達、保育園・小学校・中学校・高校のママ友や先生、パート勤めのときの同僚、ご近所さん、いつも見守ってくださる金剛寺のお父さん、お母さん、蒔田さん。

自営業になってからは、もっと沢山の人たちに助けてもらった。お金がなくてバイトに行ったトマト農家のお父さんお母さん、息子さんには、自分の価値に気づかせてもらった。食育の先生を依頼してくださったため園長先生にはチャンスをいただいた。資金繰りが大変なとき、なにか始めるときはいつも力を貸してくださった銀行の皆さん、荒波でも、何があっても一緒にオールを漕いでくれている心強い（株）０１７２の皆んな、本出版に対して何もわからない私にアドバイスをくださったスターガール（株）市田里実さん、（株）冒険の旅の竹森さん、本当にありがとうございました。

そして、自費出版で資金がない私は、クラウドファンディングを実施しました。もちろん資金がないことが挑戦した理由でしたが、もう一つの理由は自分を変えたかったのです。私は人にお願いすることが苦手です。嫌われることがとても怖いです。そして人からの見られ方をとても気にする性格です。クラウドファンディングは、お願いしていかないと資金を集められません。お願いしても支援していただけない場合もあります。そして、人の目にさらされ、評価もされます。苦手を克服し、自分を変えたかったのです。なにかをやり遂げたいときに心の強さが必要だと思ったからです。26日間のクラウドファンディングを実施し、２２５名の方のご支援をいただき、本当に感謝しかありません。多くの応援メッセージもいただき、勇気をいただきました。本当にありがとうございました。ご支援を無駄にしないように、私に出来ることをコツコツとやっていきます。

今思えばたくさんの遠まわりも、足踏みもした。

遠回りしたからこそ、得たものがたくさん。すんなり、ここまできたら深みもないかもしれない。えっ、深みはないって？（笑）辛い思いはしないに越したことはないけれど、辛い思いをしたからこそ誰かに寄り添えたり、手を差し伸べたりできる、伴走できる。いきなり頂上に着いたら、笑いあり涙ありも少ないだろう。曲がりくねった道だからこそ、必死で考えて、生き抜いて喜びが湧く。

環境を変える、人と違うことをやってみることで、違う自分に会うことができた。もしも、自分で思い切る勇気がなくても、変わり者と一緒にいるだけで、それは少しずつ変わり始める。背中を押してもらってでしか、最初は動けなくても、いつかきっと自ら動きたいと思える日が来るはず。

「あの人は特別、私なんて無理」と思う日もたくさんあった、私はいつもそうだった。そのときは、そう思っていれば良い。きっときっと、心を突き動かす出会い、タイミングが来る。大きいことを成し遂げねばと思うから、尻込みしちゃう、小さいことの積み重ねでしか、この世の中はないと思う。両親、そのおじいちゃん、おばあちゃん、そのまたおじいちゃん、おばあちゃん…辿っていけばご先祖様は何人いるのだろうか。私を産んでくれた働き者で、不器用だけどとても優しい父、明るく前向き、いつも周りにはたくさんの人がいる母、2人の子供で本当によかった。ありがとう。青森のこの地に連れてきてくれ、この本の出版を誰よりも望み、人生を変えてくれた主人に、心から感謝しています。本当にありがとう。そんな主人を産み、育て、長男なのに快く青森へ送り出してくださった井上家のお父さんとお母さん、本当にありがとうございます。そして、こんなおっちょこちょいな私を好きでいてくれる、お母さん思いの長男と次男。自分の意見をちゃんと持ち、やりたい事を見つけて前に進んでいる息子たち。親バカかも知れないけれど、本当に自慢の息子。

今、私は本の出版を通して、三つのやりたいことがある。

一つ目、食を通して誰かを幸せにしたい。手前味噌かもしれないけれど、少しばかり料理が得意な私。私の手料理を食べて、心が落ち着いたり、やる気が出たり、そんな集まりの場をいつか、作りたいと思っている。全国自殺率ナンバー

1の青森県も少し変わると信じています。おこがましいけれど、亡くなられた佐藤初女さんのような活動をしたい。

二つ目、移住者の相談係。人生を変える事ができた移住。公共目線ではなく、実際に経験した私たちだからこそ出来ることがある。大好きな青森県が人口減少でなくならないように、青森の魅力を発信し、移住者の方を全力サポートをしたい。そして、旦那さんが青森県出身、奥さんが県外出身で、なかなか青森県に馴染めないというお悩みをよく耳にします。そんな方々の集まりの場、繋がりを作れる場を作っていきたい。

三つ目、働くお母さんのサポート。頼る人がいなくて、苦労したからこそ、そんな思いはしてほしくない。漠然としていて、何からすればいいかわからないけれど、子育て講演会也談話会をしてたくさんのお母さんを勇気づけたり、相談に乗ったり。お母さんは大変だけど、本当に素晴らしい役割。誰にでも出来る事じゃない。一旦は、仕事を横に置かなければならないときだって、旦那さんの影に隠れて、サポートするときだってある。でもいつかは、お母さんも輝けるときが来るんだ、いつかは、お母さんもワクワクできる何かをする権利はある。

日本の母は強いのです。

この世に生まれ、人との繋がりだらけのこの人生。人との関わり、ご縁で生かされている。お金でしか解決できないこともあるけれど、人を幸せにできるのは、人しかいない。何が起こるかわからないこの人生。これからも私は、青森をぼちぼち、いや、青森わくわく珍道中を楽しみたい。

青森移住ぼちぼち珍道中

2023年４月10日発行

著　者：井上じゅん子

発行所：有限会社 北方新社
青森県弘前市富田町52
TEL 0172-36-2821

印刷・製本　小野印刷所

ISBN 978-4-89297-300-0